EINE VERRUFENE FRAU

DIE VERSANDBRÄUTE VON SLATE SPRINGS - BUCH 1

VANESSA VALE

Copyright © 2016 von Vanessa Vale

ISBN: 978-1-7959-0052-2

Dies ist ein Werk der Fiktion. Namen, Charaktere, Orte und Ereignisse sind Produkte der Fantasie der Autorin und werden fiktiv verwendet. Jegliche Ähnlichkeit mit tatsächlichen Personen, lebendig oder tot, Geschäften, Firmen, Ereignissen oder Orten sind absolut zufällig.

Alle Rechte vorbehalten.

Kein Teil dieses Buches darf in irgendeiner Form oder auf elektronische oder mechanische Art reproduziert werden, einschließlich Informationsspeichern und Datenabfragesystemen, ohne die schriftliche Erlaubnis der Autorin, bis auf den Gebrauch kurzer Zitate für eine Buchbesprechung.

Umschlaggestaltung: Bridger Media

Umschlaggrafik: Hot Damn Stock

HOLEN SIE SICH IHR WILLKOMMENSGESCHENK!

TRAGE DICH FÜR MEINEN NEWSLETTER EIN, UM LESEPROBEN, VORSCHAUEN UND EIN WILLKOMMENSGESCHENK ZU ERHALTEN! TRAGEN SIE SICH IN MEINE E-MAIL LISTE EIN, UM ALS ERSTES VON NEUERSCHEINUNGEN, KOSTENLOSEN BÜCHERN, SONDERPREISEN UND ANDEREN ZUGABEN ZU ERFAHREN. SIE ERHALTEN EIN KOSTENLOSES BUCH FÜR IHRE ANMELDUNG!

kostenlosecowboyromantik.com

1

EKANNTMACHUNG DER STADT:

DURCH EINE ANONYME WAHL DES STADTRATES WURDE DAS GESETZ 642 am 16. September 1885 verabschiedet. Das Ehegesetz. Wegen der unzureichenden Anzahl an Frauen in der Gegend ist es ab sofort innerhalb der Stadt Slate Springs, Colorado und den umgebenden Gebieten legal, dass zwei oder mehr Männer vor dem Gesetz eine Frau heiraten. Alle Zeremonien werden von dem Friedensrichter durchgeführt und sind bis zum Tod der Braut oder beider/aller Ehemänner gültig und rechtskräftig.

UNTERZEICHNET,
  Luke Tate
  Bürgermeister

CELIA

. . .

VANESSA VALE

Tyler, Texas
September 1885

Es war zu heiß, um sich draußen aufzuhalten. Allerdings war es auch zu heiß, um sich drinnen aufzuhalten. Die Sommerhitze musste erst noch weichen und der Boden war steinhart und knochentrocken. Ich sah nach oben und kniff die Augen zusammen. Am Himmel war keine einzige Wolke zu sehen. Es gab keine Möglichkeit, mich vor der Sonne zu schützen – außer meinem Strohhut. Mein Kleid erstickte mich mit dem hohen Kragen und den langen Ärmeln. Das Rückteil meines Korsetts war schweißdurchtränkt und ich sehnte mich danach, die zusätzlichen Kleiderschichten bis auf mein Unterkleid auszuziehen.

Es war ein langer Tag gewesen. Johns Sprechzeit war stets Dienstagmorgen und als wir heute um acht Uhr angekommen waren, hatten bereits mehrere Patienten auf ihn gewartet. Mein Ehemann war nicht der einzige Arzt der Stadt, aber die Leute nahmen lange Wege auf sich, wenn sie sehr krank waren und es gab genug Geschäft für alle drei Ärzte. Die heutigen Krankheiten umfassten einen befallenen Zahn, ein Kind mit Koliken, einen Fall von Lungenentzündung und einen gebrochenen Finger. Als er zum Mittagessen gegangen war, war ich zurückgeblieben, um sauber zu machen und diejenigen, die nach der Mittagsstunde ankamen – wenn John in das Restaurant des Hotels zum Essen ging – an die anderen zwei Ärzte zu verweisen. Er achtete sehr penibel und sehr streng auf seinen Tagesablauf und wich nicht davon ab.

Während er den Nachmittag in seinem Büro zu Hause verbrachte – immer hinter verschlossener Tür, damit er nicht gestört werden konnte – ging ich oft zu den Häusern derjenigen, die am Morgen untersucht worden waren, sah nach ihnen und kümmerte mich um sie. Vor allem den weiblichen Patientinnen. Keinen der Männer, da das nicht gern gesehen werden würde. Ich *sollte* nicht einmal die Frauen besuchen, aber wer würde es sonst tun? John jedenfalls nicht, da er kein

Eine verrufene Frau

Interesse an ihnen hatte, wenn sie nicht mit einem offensichtlichen Gebrechen in seiner Praxis auftauchten oder das Geld hatten, um einen Hausbesuch zu bezahlen.

Und so verbrachte ich meinen Nachmittag damit, mich um die Kranken zu kümmern, Babys im Arm zu wiegen, sogar Geschirr abzuspülen. John lachte über meine *langweiligen* Nachmittagsaktivitäten und redete mir immer ein, ich würde mich mit solchem Tun selbst erniedrigen. Aber sollte ich etwa zu Hause sitzen, lesen und sticken? Ich konnte so ein ödes Leben nicht gutheißen.

Daher stand ich jetzt in Mrs. Bordens Küche und schrubbte einen Topf. Ich blies mir eine verirrte Locke aus dem Gesicht, aber sie blieb an dem Schweiß auf meiner Stirn kleben. Nachdem sie gerade erst ihr drittes Kind zur Welt gebracht hatte, lag Mrs. Borden im Bett, um sich zu erholen, während zwei junge Kinder auf ihr herumhüpften und sie sich auch noch um ein Neugeborenes kümmern musste. Ihr Mann arbeitete unterdessen auf den Baumwollfeldern.

Während ich mich daran machte, das Geschirr vom Vorabend zu waschen, rief sie aus dem Schlafzimmer: „Bald wirst du an der Reihe sein und ich werde zu dir kommen und helfen."

Ich hielt beim Spülen inne und sah hinab auf meinen flachen Bauch. Nein, ich würde nie an der Reihe sein. Keine Kinder. John gehörte der sehr unabhängigen Sorte an und erwartete, dass ich das auch war. Als ich ihn heiratete, wusste ich, dass er eine Gehilfin und keine Kuschelpartnerin wollte. Ich war damit einverstanden gewesen, da ich von strengen Eltern erzogen worden war, die mich nicht verhätschelt hatten. Ich kannte es nicht anders. Ich hätte nicht gewusst, wie ich mit einem Mann, der Umarmungen verteilte und mich mit Zuneigung überhäufte, umgehen sollte.

Aber in den vergangenen fünf Jahren hatte ich allmählich meine Meinung geändert. Die Beobachtungen von anderen Paaren, die so offensichtlich verliebt ineinander waren – wie die Bordens – zeigten mir, dass ich etwas verpasst hatte und das auch nie in meiner eigenen Ehe finden würde. Ohne Kinder, um die ich mich kümmern konnte, war mein Leben leer. *Ich* war leer. Johns Meinung nach war ich offiziell unfruchtbar. Offiziell keine richtige Ehefrau, da ich die eine Sache, die er selbst nicht vollbringen konnte, nicht erfüllen konnte.

Und so kehrte ich einsam und überhitzt nach Hause zurück, da ich die anderen Nachmittagsbesuche ausließ. Als ich die Eingangstür hinter mir schloss, bemerkte ich, dass Johns Bürotür offenstand. Seltsam, da er nie vor fünf Uhr daraus auftauchte. Während ich meinen Hut auszog und ihn auf den Beistelltisch neben der Tür legte, hörte ich Stimmen aus dem Obergeschoss. Murmeln, dann ein Seufzen. Den Schrei einer Frau.

Ich blickte nach oben, als ob ich durch die Decke sehen könnte. Ich wusste, was es war. *Wer* es war. Zumindest wusste ich, dass es John und eine Frau waren. Ein rhythmisches Rumsen folgte. Sie fickten. In meinem Bett. John fasste mich kaum an, weshalb ich wusste, dass er seine Bedürfnisse bei einer anderen stillte. In einem Bordell oder bei einer Witwe, einer, die er seines Verlangens als würdig erachtete. Aber er hatte diese Bedürfnisse nie in unserem eigenen Heim befriedigt. Ich bezweifelte zwar, dass er mich liebte, aber er hatte mich genug respektiert, um seine Frauen von mir fernzuhalten. Bis jetzt.

„Ja! Genau da. *Härter.*"

Meine Augen weiteten sich bei den verdorbenen Worten der Frau, dem verzweifelten Tonfall. Obwohl ich wütend war, dass er seine Aktivitäten auf solche Weise zur Schau stellte, war ich auch neugierig. Neugierig, was John tat, um sie so zufrieden klingen zu lassen. Ich hatte noch *nie* zuvor so aufgeschrien. Jemals.

Auf Zehenspitzen schlich ich die Treppe hoch, wobei ich vorsichtig die knarzende vierte Stufe umging. Die Schlafzimmertür war geschlossen, weshalb ich in das andere Schlafzimmer schlüpfte, das über eine Verbindungstür zu unserem verfügte. Es war als Kinderzimmer gedacht gewesen und lag nun ungenutzt da. Aber ich wusste, dass die Tür ungefähr dreißig Zentimeter weit geöffnet war, um die Luftzirkulation zu fördern und ich könnte sie problemlos

Eine verrufene Frau

beobachten. Und dort stand ich jetzt auch, hinter der Verbindungstür und beobachtete meinen Ehemann im Bett mit einer Frau. Ich erkannte sie nicht, da ihre hellen Haare offen waren und ihr Gesicht bedeckten. Sie war nackt, auf ihren Händen und Knien, wobei ihre Handgelenke mit *meinem* Kleiderband an das Metallgestänge des Kopfbrettes gebunden waren. Das Kleidungsstück selbst lag vergessen auf dem Boden neben einem Haufen abgelegter Kleidung.

John, der ebenfalls nackt war, befand sich hinter ihr und fickte sie. Seine Hände packten ihre Hüften, während er sie kraftvoll nahm. Das Geräusch seiner Hüften, die gegen ihren nach oben gereckten Hintern klatschten, füllte die Luft.

„Ist das hart genug?", knurrte er. Die Muskeln an seinem Hals waren angespannt und traten dick hervor.

Sie warf ihren Kopf zurück und ihre Knöchel an dem Bettgestänge wurden weiß. Ihre Brüste, die sehr groß waren, schwangen bei jedem Stoß. Es war verrucht und dunkel und dekadent und ich hatte John noch nie so erlebt. Er war verloren in der Lust, verloren in der Macht, die er über diese Frau hatte. Ich hatte ihn noch nie so…überwältigt von seinen niederen Bedürfnissen gesehen. Wann immer er mich nahm, war er ruhig und passiv, seine Hüften bewegten sich gerade genug, dass sich sein Schwanz rein und raus bewegte, damit sich sein Samen in mich ergießen konnte.

Er schlug ihr auf den Po, das Klatschen ließ sie wieder aufschreien. Sie stöhnte, aber nicht vor Schmerz. „Du bist so eine Schlampe, dass du mir erlaubst, dich so zu nehmen. Du brauchst es, nicht wahr? Dein Ehemann denkt, dass dich die Hysterie zu einer frustrierten Frau macht, aber du bist einfach eine Hure, die einen großen Schwanz braucht."

„Ja!", schrie sie wieder. So sollte ich aussehen, wenn ich gefickt wurde? Wild und lüstern und in den Fängen der Leidenschaft, die so intensiv war, dass ich es liebte, wenn mein Hintern versohlt wurde?

Ich hatte ihn noch nie zuvor so sprechen hören, mit so unverblümten und grausamen Worten. Seine Stimme war grob, nicht der gleichmäßige, ruhige Ton, an den ich gewöhnt war. Er hatte noch nie auf solche Weise mit mir gesprochen, mich nie mit solchem Eifer gepackt, mich nie auf solche Weise *gefickt*. Ich hatte nicht einmal gewusst, dass das möglich war.

Aber ich war nicht wie diese Frau. Ihre Figur war anders als meine. Sie war groß und schlank, hatte einen großen Busen und ein kleines Hinterteil. Ich war klein und kurvig, runde Hüften und Po und dennoch waren meine Brüste viel kleiner. Hatte er sie zum Ficken ausgewählt, weil sie mein Gegenteil war? Rief ihr Äußeres die Veränderung in ihm hervor? War ich so mangelhaft? Ich musste annehmen, dass die Antwort Ja lautete.

John nahm mich nur nachts, wenn es dunkel war, während das weiche Licht der Laterne neben dem Bett das Zimmer in ein sanftes Leuchten tauchte. Es gab kein Gerede. Er drückte mich einfach auf meinen Rücken, schob mein Nachthemd hoch, während er meine Beine spreizte und drang dann ohne Vorwarnung in mich ein. Er atmete schwer, aber nur wenn er seinen Samen in mich spritzte. Allerdings war es kein Vergleich zu dem Elan, den er jetzt an den Tag legte. Er schwitzte nie, er stöhnte nie. Wenn er fertig war, zog er mein Nachthemd nach unten, die Decken über mich und rollte sich zum Schlafen auf seine Seite. Ich war dann stets wund und unbefriedigt, Samen klebte an meinen Schenkeln und auf dem Bett unter mir.

Diese Frau, sie war nicht unbefriedigt. So wie sie sich bewegte und mit den Hüften kreiste, so wie ihre Haut vor Schweiß glänzte, wie sie keuchte und immer wieder *ja, ja, ja* schrie, war es ziemlich offensichtlich, dass sie es sehr genoss. Ich hatte die Zusammenkunft mit John noch nie *genossen*, nie die gleiche Hemmungslosigkeit empfunden, die offensichtliche Lust gefühlt, die diese Frau in den Händen oder durch den Schwanz meines Mannes erfuhr. So wie sie ihre Erlösung hinaus stöhnte und sich ihr Körper anspannte, während John weiterhin in sie stieß, wusste ich, dass ich noch nie zuvor zum Höhepunkt gekommen war.

Ich war mehr verärgert darüber, dass ich um diese Art der tiefen und dunklen – und vergnüglichen – Verbindung zwischen zwei Menschen betrogen worden war als über die Tatsache, dass mein Ehemann sie mit jemand anderem teilte. Ich hatte von seinem Fremdgehen schon eine ganze Weile gewusst, aber nicht, mit wem oder wo er es tat. *Das* hatte ich mit Sicherheit nicht erwartet.

Ich wollte das. Ich wollte jemanden, der seine Finger in meinen Haaren vergrub und meinen Kopf zurückkriss. Ich wollte, dass mich jemand hart von hinten nahm. Ich wollte, dass sich der Handabdruck eines Mannes hellrosa auf meinem Po abzeichnete. Ich wollte Leidenschaft.

Die Eingangstür krachte auf, was mich aufspringen ließ.

„Marie!", schrie die Stimme eines Mannes von unten.

Johns Bewegungen erlahmten, sein Schwanz steckte immer noch tief in der Frau, während ihr Kopf zur Tür flog. Ihre Augen weiteten sich überrascht und panisch.

„Das ist mein Mann!", zischte sie, aber konnte sich nicht bewegen, da sie am Bett festgebunden war und sich John hinter ihr befand.

Der Mann kam die Stufen hoch, wobei seine schweren Schritte klangen, als würde er zwei auf einmal nehmen. Die Schlafzimmertür wurde so schwungvoll geöffnet, dass sie gegen die Wand krachte. Ich sprang auf und keuchte, dann biss ich mir auf die Lippe. Ein großer Mann stand im Türrahmen. Er trug einen Anzug und Krawatte, seine Haare klebten verschwitzt am Kopf, Schweißtropfen rannen über seine Schläfen. Er keuchte schwer, als ob er den ganzen Weg durch die Stadt gerannt wäre. Er war kein Farmer oder Arbeiter, sondern ein vornehmer Mann. Der Schnitt seiner Kleider verriet das und John hätte sich auch nicht mit einer Frau aus der unteren Klasse abgegeben. Aber einer Verheirateten? Dieser Mann war zornig. Das Gewehr in seiner Hand bewies das und ich biss wieder auf meine Lippe, um die Panik zu unterdrücken, die mir entweichen wollte. Es bewies auch, dass er ein wenig verrückt war. Verrückt vor Eifersucht? Ich fühlte mich bloßgestellt und beschämt, weil ich einfach wie ein alter Lumpen weggeworfen worden war. Ich konnte mir nur den Zorn dieses Mannes darüber vorstellen, dass ihm Hörner aufgesetzt worden waren.

John zog sich aus der Frau – Marie – und drehte sich auf seinen Knien zu dem anderen Mann um. Sein Schwanz war rot und geschwollen und glänzte mit der Erregung der Frau. Marie war gefangen, da ihre Handgelenke gefesselt waren, aber sie kippte auf ihre Seite und zog ihre Knie in dem Versuch an, sich zu bedecken. Sie war wie ein Kind, das seine Augen verdeckte und dachte, dann könnte es nicht gesehen werden. Ihre Bewegungen konnten jedoch weder ihre Nacktheit noch die Aussicht auf ihre benutzte Pussy verdecken. Ihr Verbrechen und Johns war eindeutig.

„Neil", schrie sie und ihre Augen weiteten sich. John hob seine Hände hoch, als wolle er den Mann abwehren, aber er sagte nichts. Was sollte er auch schon sagen?

Neil verzog seine Augen zu Schlitzen, während sich seine Brust schwer hob und senkte. Es gab kein Zögern, kein Nachdenken. Er schoss John direkt in die Brust.

Das Geräusch hallte durch den Raum und ich schlug mir meine Hand auf den Mund, um meinen überraschten Schrei zu dämpfen. Blut erblühte auf seiner Brust und John legte seine Hände über das Loch. Er sah nach unten auf die Wunde, bevor er zur Seite fiel. Tot. Ich war kein Arzt, aber ich wusste, dass ein Schuss ins Herz zum sofortigen Tod führte. Marie schrie und flehte ihren Ehemann an, während sie sich auf die Knie zog und an den Bändern, die sie gefangen hielten, zerrte. Anstatt Teil eines sinnlichen Fesselspielchens zu sein, hielten die Bänder sie jetzt genau an der Stelle, wo Neil sie haben wollte, als er ebenfalls auf sie schoss. Einmal, dann ein zweites Mal.

Ich atmete kaum, meine Ohren klingelten von den Gewehrschüssen. Ich wagte es nicht, auch nur einen Muskel zu rühren, da ich Angst hatte, er würde mich sehen und mich als nächstes aufs Korn nehmen. Neil stand da und sah die Körper einige Sekunden an. Vielleicht auch eine Minute. Ich hatte jegliches Zeitgefühl verloren. Ich verharrte einfach so reglos wie möglich hinter der Tür in der Hoffnung, dass er meinen wilden Herzschlag nicht hören konnte. Wenn er mich entdeckte, würde er mich sicherlich auch erschießen. Auch wenn er seine Gründe für seine Taten hatte, so war es immer noch kaltblütiger Mord. Er atmete tief ein, dann nochmal, dann machte er auf der Hacke kehrt, trampelte die Treppe hinunter und aus der Tür. Die Stille,

Eine verrufene Frau

die er hinterließ, war so ohrenbetäubend wie die Gewehrschüsse.

Meine Beine zitterten, dann gaben sie nach. Ich glitt an der Wand zu Boden, ein zerbröckeltes, schwaches Häufchen Elend. Meine Hände bebten und ich versuchte, mich zu beruhigen und die Panik davon abzuhalten, mich zu überwältigen. So fanden mich einige Minuten später der Sheriff und meine Nachbarn. Die schmutzigen Geheimnisse meiner Ehe waren nicht länger geheim. Stattdessen lagen sie nackt und tot in meinem eigenen Bett.

2

*L*uke

Denver, Colorado
Dezember 1885

„Du hättest das nicht tun müssen", murmelte Walker, der neben mir am Bahngleis stand, als der Zug in Richtung Westen einfuhr. Er war laut, zischte und ratterte, während er zum Stehen kam. Endlich. Zwei Stunden später als geplant und in dieser Zeit hätte ich mich einfach umdrehen und gehen sollen. Aber eine Frau erwartete mich, eine Frau, die meine Braut war und ich konnte nicht grausam zu ihr sein. Es war nicht ihre Schuld, dass ich per Stellvertreter mit einer Fremden verheiratet worden war. Die Schuld lag allein bei mir.

„Ich muss", erwiderte ich, wobei mein Atem als große weiße Wolke vor mir schwebte. Die Sonne war hinter die Berge geglitten und die Nacht brach schnell herein. Die Temperaturen sanken weit unter den Gefrierpunkt. Jeglicher Schnee, der am Tag geschmolzen war, wurde jetzt auf den Gehwegen zu Eis.

Den Kragen meines Mantels um meinen Hals festziehend, sah ich den Zug entlang, da ich wusste, dass sie bald auftauchen würde. Meine Braut. Meine *Versandbraut*. Eine Fremde mit einem Stück Papier, das uns rechtmäßig aneinanderband. Wie würde sie aussehen? Groß oder klein? Mütterlich oder hübsch? Es war egal. Was zählte, war, dass ich der Erste war, der gemäß des neuen Gesetzes von Slate Springs heiratete. Ich warf einen Blick zu Walker, der stramm und ruhig neben mir stand.

„Kommen dir jetzt Zweifel? Ist das das Problem?"

„Fuck, Luke, ich sagte, ich würde es tun und ich stehe zu meinem Wort." Seine dunklen Augen flammten wutentbrannt auf, aber beruhigten sich schnell wieder.

Ich seufzte. „Scheiße, tut mir leid. Ich bin einfach...das ist einfach nicht, wie ich es mir vorgestellt habe."

„Was? Dass wir unsere Eier für eine Frau abfrieren, an die wir für den Rest unseres Lebens gebunden sind, nur weil es in Slate Springs nicht genug Frauen gibt?"

Ja, das beschrieb es ziemlich treffend.

„Na schön, ich habe das aus Pflicht getan, aber ich will wirklich jemanden, mit dem ich mein restliches Leben verbringen kann, genauso wie die meisten Männer in der Stadt. Kinder. Kameradschaft. Zur Hölle, eine, die mir in einer Nacht wie dieser das Bett wärmt."

Ich zog den Kragen meines Mantels noch enger, um den Wind abzuhalten, der den Bahnsteig entlang wehte.

„Du hättest lediglich den Berg runter gehen müssen. In Denver gibt es genug Frauen, die gerne den Bürgermeister von Slate Springs, der noch dazu Minenbesitzer ist, geheiratet hätten." Er hob seine Hände und legte sie um seinen Mund, pustete warme Luft hinein.

Aus meiner Mine wurde in einer Geschwindigkeit Silber zu Tage gefördert, die mich so reich machte wie diejenigen, die in Butte nach Kupfer gruben. Ich wusste, das würde nicht ewig andauern, denn die Ader würde irgendwann versiegen, aber ich hatte mehr Geld, als ich in diesem Leben benötigen würde. Jetzt war es an der Zeit dieses mit anderen zu teilen, wie beispielsweise einer Frau und Kindern.

Eine verrufene Frau

„Ich bin mehr als ein Minenbesitzer. Ich will keine Frau, die nur an meinem Geld interessiert ist. Ich will eine Frau, die *mich* will."

Da ich so reglos da stand, kroch die Kälte durch die Sohle meiner Stiefel. Passagiere begannen aus dem Zug zu steigen. Taschenträger liefen an uns vorbei, um den müden Reisenden mit ihrem Gepäck zu helfen.

Ich wandte mich meinem Bruder zu und versuchte, diese Ehe zu rechtfertigen. „Ich habe den Job nur angenommen, damit Thomkins die Stelle nicht bekommen hat. Wenn ich mich richtig erinnere, haben wir deswegen sogar eine Münze geworfen."

Sein Mundwinkel hob sich. „Ja und du hast verloren. Dass du Bürgermeister bist, hält Thomkins vielleicht davon ab, die Stadt aufzumischen, aber es bringt dir auch eine Braut ein."

Ja, Bürgermeister zu sein und das neue Gesetz zu verabschieden, das zwei Männern erlaubte, eine Frau zu heiraten, brachte mich in die Lage, mit gutem Beispiel vorangehen zu müssen, ein Vorbild für die anderen Männer in der Stadt zu sein, dem sie folgen konnten. Deswegen waren Walker und ich in Denver, wo wir die Frau kennenlernen würden, die die Unsere sein würde. Vielleicht hätte ich doch Thomkins Bürgermeister werden lassen sollen. Er musste keine Braut finden. Er war seit zehn Jahren oder so mit der sanftmütigen Agnes Thomkins verheiratet. Er war so ziemlich seit seiner Geburt ein Arschloch, als sein Daddy die Stadt gegründet hatte und war seitdem eines geblieben. Wenn er der Bürgermeister wäre, würde er der Stadt nichts Gutes tun, sondern wahrscheinlich das Minengeschäft verbieten oder irgendeinen solchen Quatsch tun, obwohl es doch Münder zu stopfen galt. Meine Wut auf Thomkins war so groß, dass ich die Führungsrolle beibehielt und jetzt hier in der Kälte stand und auf meine Versandbraut wartete.

„Und du", fügte ich hinzu. „Du bekommst auch eine Braut aus dem einfachen Grund, weil wir Thomkins so verdammt stark hassen." Wir hingen gemeinsam in dieser Sache. Diese Frau würde zu uns beiden gehören.

Ich hörte ihn seufzen, aber er sagte nichts mehr.

Passagiere begannen an uns vorbeizulaufen und ich musterte sie alle genau, während ich Ausschau nach Celia Lawrence hielt, der Witwe aus Tyler in Texas. Meine Braut. Jetzt Celia Tate. Ich wusste nicht, wie sie aussah, nur dass sie eine Witwe und fünfundzwanzig Jahre alt war. Ich umklammerte die Bibel in meiner Hand und hielt sie so, dass sie besser gesehen werden konnte. Auch wenn ich kein übermäßig religiöser Mann war – ich hatte immerhin zugestimmt, eine Frau mit Walker auf sehr unbiblische Weise zu heiraten und ohne dass die Kirche unserer Vereinigung ihren Segen gab – aber die Bibel war mein Erkennungszeichen für Mrs. Lawrence, damit sie mich in der Menge entdecken konnte.

„Bist *du* dir sicher?", fragte ich, da ich ein letztes Mal seine Bestätigung hören wollte. „Du hast dir nach Ruths Tod geschworen, dass du nie wieder heiraten wirst. Du kannst immer noch deine Meinung ändern. Ich kann jemand anderen finden."

Er konnte von der Sache zurücktreten, ich nicht. Die Stellvertreterehe war rechtsgültig. Luke Tate, Ehemann. Celia Lawrence, Ehefrau. Aber ich hatte kein Interesse daran, eine Frau einfach mit irgendeinem Mann zu teilen. Ich würde es nur mit meinem Bruder tun. Wir standen uns nahe, so nah, dass wir bereits in der Vergangenheit eine Frau geteilt hatten. Wir hatten die gleichen Interessen – und dunkleren Sehnsüchte – wenn es darum ging, eine Frau zu nehmen. Manche Leute mochten unsere Vorlieben für sündhaft oder sogar falsch erachten, aber eine Frau zu dominieren, führte nur zu ihrem Vergnügen, ihrer absoluten Befriedigung. Wir stellten sie an erste Stelle. Sicher, wir würden sie vielleicht fesseln und ihr den Hintern versohlen, ihn sogar ficken, aber sie würde es mögen. Nein, sie würde es *lieben*.

„Ich will auch Kinder", gestand er. „Aber Liebe?" Er zuckte mit den Schultern und ich wusste, er war abgestumpft. „Dafür bist du zuständig. Sie verdient Liebe und du wirst sie ihr geben. Damit bin ich vollkommen einverstanden."

Ich neigte meinen Kopf zu dem sich leerenden Zug.

Eine verrufene Frau

Walker zuckte mit den Achseln. „Wir müssen Hoffnung haben."

Der Großteil der Passagiere hatte den Bahnsteig verlassen und war schnell in die warme Bahnhofshalle geflüchtet. Diese war nur wenige Jahre alt und von beeindruckender Bauweise, was zeigte, dass Denver florierte. Ich hatte für die Stadt nicht viel übrig. Zu viele Leute, zu viel Lärm. Der einzige Grund, aus dem ich hier war, war –

Sie.

Sie lief auf uns zu und musterte die Bibel. Ich hätte mich ihr nähern, sie nach ihrem Namen fragen und die kleine Tasche, die sie trug, nehmen sollen. Aber ich konnte nicht. Ich starrte sie einfach nur an. Und starrte und starrte, als ob meine Füße am Boden festgefroren wären.

„Fuck", hörte ich Walker unterdrückt fluchen, während er sie ebenfalls betrachtete. Anscheinend fühlte sich mein Bruder auch intensiv – und sofort – zu ihr hingezogen. „Sieh sie dir nur an", flüsterte er.

Ja, wir waren wahrhaftig am Arsch, da Mrs. Celia Lawrence alles war, was ich mir jemals von einer Braut hätte wünschen können. Klein, ihre Kurven konnten trotzdem nicht unter ihrer leichten Jacke verborgen werden. Ihre hellen Haare waren nach oben und unter einen ordentlichen Hut gesteckt worden. Die Lampen, die den Bahnsteig beleuchteten, verliehen ihrer Haut einen warmen Goldschimmer. Ihre Wangen waren von der Kälte gerötet und ich konnte sehen, dass ihre Augen gleichermaßen nervös und hoffnungsvoll dreinblickten. Sie erstarrte, als sie ihren Blick von der Bibel zu mir wandern ließ. Dann hob sie jedoch ihr Kinn an und trat einen Schritt näher.

Sie war…fuck, unglaublich. Liebenswert. Zierlich. Schüchtern. Wagemutig. Ich wollte sie. Sofort und dringend. Mein Schwanz wurde hart und ich war dankbar, dass mein Mantel die Reaktion verbarg. Sie war meine Braut.

Sie gehörte mir. Mir!

Walker behielt, anders als ich, einen klaren Kopf, denn er lief um mich herum, um ihr entgegenzulaufen. „Mrs. Lawrence?", fragte er.

Sie sah zu ihm hoch und ihre Stirn runzelte sich. „Ja. Mr. Tate?"

Ihre sanfte Stimme setzte mich in Bewegung. Endlich. Ich versaute alles und hatte noch nicht einmal ein Wort gesprochen. Sie war einfach zu...perfekt und ich fühlte mich, als wäre ich von einem Stützbalken der Mine auf den Kopf getroffen worden. Ich räusperte mich und stellte mich zu den zweien, wobei ich meinen Hut abnahm. „Ich bin Luke Tate, Ma'am."

Sie warf einen weiteren Blick auf die Bibel, blickte dann in mein Gesicht. Weit nach oben. Ich war viel größer als sie. Sie reichte nur bis zu meiner Schulter. Sie schenkte mir ein kleines Lächeln, aber ich merkte, dass es sie einige Mühe kostete. Ich war ein großer Mann und noch dazu ein Fremder. Sie war sehr mutig, dass sie ganz allein so weit gereist war und einen völlig Fremden geheiratet hatte. Nein, zwei Fremde. Ich hatte sie gerade erst kennengelernt und war bereits sehr stolz auf sie. Ich wollte ihr die Nervosität nehmen und sie ersetzen mit...zur Hölle, wie würde sie aussehen, wenn ich sie zum ersten Mal zum Höhepunkt brachte? Ich würde es schon bald herausfinden, wenn es nach meinem Schwanz ging.

„Es ist...schön Sie kennenzulernen. Bitte nennen Sie mich Celia." Ihre Stimme war tief und temperamentvoll, was völlig überraschend war und meinen Schwanz hart werden ließ.

Ein Schauder schüttelte ihre kleine Gestalt.

„Wo ist dein Mantel?", fragte ich. Ich drückte Walker die Bibel an die Brust, zog meinen aus und schlang ihn ihr um die Schultern.

Ihre Zunge kam heraus, um über ihre Unterlippe zu lecken und ich war wie hypnotisiert von diesem Anblick. „Ich habe keinen. In Texas ist es nicht so kalt."

Ihre Stimme hatte einen leichten Akzent, ein leichtes Näseln, das verriet, wie weit sie gereist war.

Die kalte Luft traf meinen Oberkörper und ich konnte mir nur vorstellen, wie kalt ihr gewesen war.

Lächelnd hielt sie das übergroße Kleidungsstück vor sich zusammen. Es war so groß, dass es bis über ihre Knie hing. Es würde sie für die kurze Zeit warmhalten.

Eine verrufene Frau

„Hat dir Mrs. Carstairs von der Agentur nicht mitgeteilt, dass dein Ziel in Colorado liegt?" Die Frau der Versandbraut-Agentur hätte ihr zu so etwas Einfachem wie einer Winterausrüstung raten sollen.

Sie hob ihre Schultern und kuschelte sich schon fast in den Mantel. „Ja, natürlich. Aber in Tyler gibt es keine Läden, die solche Mäntel verkaufen. In Texas ist es das ganze Jahr über so warm, dass man solche Kleidungsstücke nicht braucht." Sie sah sich um und bemerkte den Schnee, der aufgehäuft worden war, um den Bahnsteig frei zu räumen. „Ich habe noch nie zuvor Schnee gesehen."

Ich blickte auf den alten Schnee, dessen Kruste hart war, weil sie in der Sonne geschmolzen und in der Nacht gefroren war. Er war grau vom Dreck und Asche der Züge. Dieser Schnee war weit davon entfernt bemerkenswert zu sein. Wenn wir erst einmal zu Hause waren, würde sie richtigen Schnee kennenlernen. Vielleicht würde sie noch vor Ende der Jahreszeit die Nase davon voll haben.

„Komm, dann wollen wir mal aus der Kälte verschwinden", sagte Walker.

Mir wurde bewusst, dass ich ihr immer noch ihren anderen Ehemann vorstellen musste, weshalb ich mich sogar wie ein noch größerer Idiot fühlte. „Darf ich dir meinen Bruder, Walker, vorstellen?"

Sie wusste nicht, dass er ebenfalls ihr Ehemann war und der Bahnsteig war nicht der Ort, an dem ich sie davon in Kenntnis setzen wollte. Das Letzte, was ich tun wollte, war sie so zu verschrecken, dass sie gleich wieder in den Zug sprang. Auf keinen verdammten Fall. Sie war hier, sie gehörte zu mir und ich würde sie nicht gehen lassen.

Da seine Hände voll waren, nahm er seinen Hut nicht ab, sondern tippte nur mit den Fingern dagegen, während er die Bibel festhielt. „Ma'am."

Wir wandten uns der Bahnhofshalle zu und liefen den langen Bahnsteig hinab. An einer eisigen Stelle ergriff ich ihren Ellbogen und führte sie darum herum. „Vorsicht", warnte ich sie.

Wenn sie noch nie zuvor Schnee gesehen hatte, bezweifelte

ich, dass sie schon mal Eis begegnet war. Meine Braut sollte sich nicht gleich in den ersten fünf Minuten ihrer Ankunft etwas brechen. Ich konnte sie durch meinen dicken Mantel kaum spüren, aber meine Hand lag auf ihr und das war ein Anfang.

Als wir in der warmen Bahnhofshalle standen, hielt ich an. Walker stand neben ihr, sodass wir den Lärm und die Menschenmenge hinter uns abschirmten. „Bist du hungrig?", fragte ich.

„Müde?", fügte Walker hinzu.

Sie lachte, tief und kehlig, während sie zwischen uns hin und her sah. „An eine solche Aufmerksamkeit bin ich nicht gewöhnt. Von einem Mann, geschweige denn zweien."

Sie würde sich schon bald daran gewöhnen, aber nicht hier. Der Bahnhof war nicht der Ort, an dem ich ihr meine Aufmerksamkeit zeigen oder ihr verraten wollte, dass sie auch von Walker Aufmerksamkeiten erhalten würde. Ich wusste nicht, wie sie reagieren würde, wenn sie erfuhr, dass sie mit uns beiden verheiratet war. Allerdings nahm ich an, dass sie sehr überrascht sein würde. Während es in Slate Springs zwar legal war, mit zwei Männern verheiratet zu sein, war es das sonst nirgends. Vor allem nicht in einer großen Stadt wie Denver.

Zwischen uns hin und her blickend, antwortete sie: „Ich bin beides."

Beides? Oh ja, hungrig und müde.

Nickend betrachtete ich sie von ihrem modischen Hut zu ihrem goldenen Haar, ihrem lieblichen ovalen Gesicht, ihren vollen Lippen, geröteten Wangen. Mein Mantel verbarg ihr hübsches Kleid, aber es war sauber und makellos gewesen, selbst nach ihrer langen Reise. Ihre Haare waren ordentlich frisiert. Sie achtete auf ihr Erscheinungsbild, aber schien nicht eitel zu sein. „Dann werden wir zum Hotel zurückkehren, wo du dich ausruhen und essen kannst."

„Ist eure Stadt zu weit weg, um jetzt dorthin zu reisen?"

Walker sah zu der großen Uhr an der Wand über dem Ticketschalter hoch. Siebzehn Uhr fünfzehn. „Slate Springs liegt in den Bergen, über einen Tagesritt entfernt von hier. Das Wetter ist gut, weshalb der Pass offenbleibt, aber wir gehen

Eine verrufene Frau

davon aus, dass er noch vor Anfang des neuen Jahres eingeschneit werden wird. Wir müssen nicht unbedingt heute Abend zurückreisen. Denn auch wenn der Pass frei ist, ist es bereits sehr dunkel. Wie du sagtest, hast du auch nicht die richtige Kleidung dabei. Morgen ist auch noch ein Tag."

Ja, ich würde meine erste Nacht mit ihr – sie konnte nicht Hochzeitsnacht genannt werden, da wir bereits per Stellvertreter verheiratet worden waren – nicht auf dem Rücken eines Pferdes verbringen. Ich wollte, dass *sie* auf ihrem Rücken lag, während ich mich über sie beugte. „Wir haben ein Zimmer im Hotel am Ende der Straße", fügte ich hinzu und veränderte meine Position, um meinen harten Schwanz zu verbergen.

„Pass?", wiederholte sie fragend, als sie ein letztes Mal hinter sich sah, bevor wir sie aus der Bahnhofshalle auf die geschäftige Straße führten. Pferde und Wägen füllten die Durchgangsstraße.

Ich setzte meinen Hut wieder auf den Kopf. Obwohl die Luft eiskalt war, half sie nicht dabei, meine Leidenschaft abzukühlen. Nichts würde das schaffen, bis ich nicht tief in ihr steckte und sie mit meinem Samen füllte. Selbst dann würde ich sie wieder wollen. Dessen war ich mir absolut sicher.

3

uke

„Die Straße nach Slate Springs folgt einer Schlucht hinauf in die Berge, die westlich von hier liegen. Sie führt so hoch in die Berge, dass sie im Winter eingeschneit wird. Denver liegt auf dieser Seite des Passes, unsere Stadt auf der anderen."

Sie verlangsamte ihr Tempo, aber hörte nicht auf zu laufen, während wir den Gehweg zu unserem Hotel entlang spazierten. „Du meinst, wir werden von der Außenwelt abgeschnitten sein?"

Ich warf einen Blick zu Walker, aber konnte seinen Gesichtsausdruck nicht erkennen, da es dunkel war und sein Gesicht im Schatten der Hutkrempe lag. Viele Leute hatten Probleme damit, in einer Stadt zu leben, die vom Rest der Welt abgeschnitten war. Der Schnee und die Kälte waren manchmal zu viel für die Leute. Es waren schon viele Männer leicht verrückt geworden, bis die Frühjahrschmelze endlich eingesetzt hatte. Daher das neue Gesetz. Wenn den Männern die Betten gewärmt wurden und sie eine Familie hatten, um die sie sich kümmern mussten, würden sie die langen Winter vielleicht erträglicher finden.

„Das stimmt", bestätigte Walker. Während Celia nicht erkennen konnte, dass seine Worte zurückhaltend waren, so war es für mich als Bruder nur allzu offensichtlich. „Wenn es erst einmal richtig zu schneien beginnt, ist die Stadt bis zum Frühling vom Rest der Welt abgeschnitten."

„Was wäre gewesen, wenn sie früher als gewöhnlich eingeschneit worden wäre? Hätte ich dann hier in Denver festgesessen, während Sie, Mr. Tate, auf der anderen Seite des Passes geblieben wären?"

Ihre Frage kam unerwartet. Ich hatte befürchtet, dass sie sich Sorgen darum machen würde, mit uns in einer Kleinstadt festzustecken, nicht darum, dass sie ohne uns festsitzen könnte. Ich stoppte auf dem Gehweg und hob ihr Kinn mit meinen Fingern an. Ihre Haut war weich wie Seide, dennoch kühl von der Kälte. Ihre Augen begegneten meinen. „Luke. Nenn mich Luke. Wir würden dich niemals auf diese Weise allein lassen", entgegnete ich mit sanfter Stimme. „Wir sind seit drei Tagen in Denver und warten auf dich, um einer ebensolchen Situation vorzubeugen."

Ihre Augen weiteten sich. „Das...das habt ihr getan?"

Die Überraschung in ihrer Stimme hielt mich davon ab, zu antworten, da mir diese Reaktion verriet, dass wir noch viel über sie lernen mussten.

„Wir haben auf dich gewartet Celia", erzählte ich ihr. Mein ganzes Leben lang. Ich hatte es nur nicht gewusst.

„Lass uns aus der Kälte verschwinden."

Ich sah zu Walker, als wir uns ein weiteres Mal dem Hotel zuwandten. Keiner von uns würde unsere Frau allein in einer großen Stadt lassen, während wir auf die Frühjahrsschmelze warteten und in Slate Springs festsaßen. Wenn überhaupt würden wir auf der östlichen Seite des Passes bleiben. Mit ihr.

Was für eine Ehe hatte sie zuvor geführt? Warum war sie so verblüfft, dass wir uns Sorgen gemacht hatten? Ich wollte die Antwort herausfinden, aber nicht auf der Straße. Auch wenn ich groß genug war, dass mir nur in meinem Hemd warm war und die Temperaturen in der Stadt auch viel wärmer waren als zu Hause, glaubte ich nicht, dass unsere Braut die Kälte lange aushalten könnte, ehe sie sich daran gewöhnt hatte. Selbst dann war sie immer noch ein winziges Ding und wir müssten vorsichtig sein. Wenn meine Zehen kalt wurden, dann waren es ihre in den dünnen Schuhen sicherlich auch. Unsere ersten Einkäufe würden neue Kleider sein, die besser für das Winterwetter geeignet waren. Aber als ich beim Laufen zu ihr hinabsah, ihren sanften Hüftschwung beobachtete, die lange Linie ihres eleganten Halses sah, war ich genauso begierig, sie ohne ihre Klamotten zu sehen.

CELIA

„DAS IST BEEINDRUCKEND."

Es gab keine anderen Worte für die Suite, die Luke im Hotel gemietet hatte. Ich war nur durch die Tür getreten, aber bereits jetzt wirkte der Raum opulent. Dicke Teppiche bedeckten Hartholzböden, dunkelrote Samtvorhänge hingen vor den hohen Fenstern und auch die Stühle und Sofas, die auf das knisternde Feuer ausgerichtet waren, waren mit Samt überzogen. Ich konnte in zwei weitere Zimmer sehen, deren Türen einander gegenüberlagen. Große Betten standen in der Mitte eines jeden, eines hatte sogar einen Baldachin. Das war kein einfaches Hotelzimmer, in dem wir die Zeit bis zu unserer Abreise am Morgen vertun würden. Dies zeugte von Reichtum. Anscheinend besaß mein Ehemann Geld. Jede Menge Geld.

Ich sollte mich besser fühlen, weil ich nicht mit einem Bettler verheiratet war, aber ich wusste, dass Geld kein Glück kaufen konnte. Es konnte natürlich für einen vollen Bauch und warme Kleider sorgen, aber beides hatte ich mit John gehabt und dennoch war ich sehr unglücklich gewesen. Ich würde meine Beurteilung von Luke fürs Erste zurückhalten.

Ich beobachtete, wie er seinen Hut absetzte und ihn auf den Tisch neben der Tür legte. Er trug die übliche Männerkleidung bestehend aus einem dunklen Anzug, einem weißen Hemd und einer schwarzen Krawatte. Allerdings schien sie ihm besser zu passen als den Meisten und betonte seine breiten Schultern und muskulöse Brust. Er drehte sich um und nahm mir seinen Mantel von den Schultern, wobei er mich dabei ertappte, wie ich ihn studierte. Das schwere Gewand hatte mich gut vor der Kälte beschützt und dafür gesorgt, dass mich sein verlockender Duft eingehüllt hatte. Etwas Herbes und Männliches. Kein schweres Gesichtswasser, wie es John verwendet hatte, sondern ein natürlicher Duft, sauber und angenehm. Ich atmete die letzten Überreste ein, während ich ihm zu dem Sofa vor dem Feuer folgte.

Ich nahm mir den dargebotenen Moment, um ihn noch einmal verstohlen zu betrachten. Er war groß, so unglaublich groß. Ich reichte nur bis zu seiner Schulter und es hätte einschüchternd wirken sollen, dass ich mein Kinn in die Höhe recken musste, um in seine Augen sehen zu können, aber das war nicht der Fall. Jedes Mal, wenn er mit mir am Bahnhof gesprochen hatte und draußen auf der Straße, war er nah bei mir gestanden, vielleicht sogar ein wenig näher als es sich für einen Mann gehörte, aber er war mein Ehemann. Es hatte sich nicht seltsam angefühlt. Stattdessen hatte ich mich…beschützt gefühlt.

Schmetterlinge flatterten in meinem Bauch, als ich ihn ansah. Seine hellen Haare waren kurz und ordentlich gestutzt. Seine Augen, hell und dennoch intensiv, saßen unter buschigen Brauen. Seine Nase wies eine leichte Krümmung auf, als ob sie einmal gebrochen worden wäre. Auch wenn er sich anscheinend früher am Tag rasiert hatte, bedeckten bereits Stoppeln seinen kantigen Kiefer und ich fragte mich, wie rau er sich unter meiner Handfläche wohl anfühlen würde.

Die gesamte Reise von Texas hierher hatte ich mich gefragt und mir Sorgen gemacht, wie der Mann, mit dem ich verheiratet worden war, wohl sein würde. Würde er genauso wie John sein – ein respektierter Mann mit keinerlei Gewissen und moralischen Werten? Ich hatte Mrs. Carstairs in der Einrichtung, die Männer mit Versandbräuten zusammenbrachte, nicht viel von meiner Vergangenheit

Eine verrufene Frau

erzählen müssen. Meine Vergangenheit war mir bestimmt vorausgeeilt, aber die Frauen, die zu ihr kamen, hatten unterschiedliche Beweggründe dafür, dass sie weggeschickt werden wollten, um einen Fremden zu heiraten. Ich war mir sicher, sie hatte schon alles gehört, sogar eine Geschichte wie die meine. Der unterschwellige Grund war jedoch höchstwahrscheinlich bei allen der Gleiche. Verzweiflung.

Ich hatte mich verzweifelt danach gesehnt, Texas zu entkommen und das war der einzige mögliche Weg für eine Frau ohne Geld oder Job gewesen. Das bedeutete jedoch nicht, dass ich nicht nervös gewesen war oder meine Entscheidung während der tausenden von Meilen, die die Reise nach Denver gedauert hatte, angezweifelt hatte. Die Erleichterung, als ich entdeckte, dass Luke hübsch anzusehen war, war ein Anfang. Allerdings war John auch ein attraktiver und gebildeter Mann gewesen, aber ebenfalls ein Schürzenjäger, weshalb diese Feststellung nicht all meine Sorgen beseitigte. Nur die Zeit würde zeigen, ob Luke genauso war.

Ich war besorgt wegen der Anziehungskraft, die ich ihm gegenüber empfand. Sie hatte sofort eingesetzt. In dem Moment, in dem ich ihn auf dem Bahngleis mit der Bibel in der Hand entdeckt hatte, war ich an ihm interessiert gewesen. Fasziniert. Sofort überwältigt. Neugefundenes Verlagen hatte mich durchströmt, mir allein bei seinem Anblick eingeheizt. Ich hatte gezittert, als ich vor den zwei Männern gestanden hatte. Daran war nicht die Kälte schuld gewesen, sondern das eindringliche Gefühl ihrer Aufmerksamkeit. Ja, von beiden. Es war nicht nur Luke, der meine…Neugier weckte, sondern auch sein Bruder, Walker.

Er war genauso aufmerksam gewesen wie Luke, genauso besorgt. Seine Haare und Augen waren dunkel, aber es war offensichtlich, dass sie Brüder waren. Sogar ihr Körperbau war unterschiedlich. Walker war eine Spur größer und schlanker. Wohingegen mir Luke ein sanftes Lächeln geschenkt hatte, das seine Augen weicher hatte werden lassen, schien Walker mehr der grüblerische Typ zu sein. Intensiv, aber nicht weniger freundlich.

Aber es war Luke, der sich mir jetzt näherte. Walker war nicht mit uns in die Suite gekommen. Mein Herz sprang mir in die Kehle, als mir bewusstwurde, dass dieser gutaussehende Mann mein Ehemann war. Meiner und er würde mich bald anfassen, hoffentlich auf die Art und Weise, nach der ich mich so lange gesehnt hatte.

Ohne ein Wort zu sagen, hob er seine Hände zu meinem Kopf und nahm mir den Hut ab. Ich atmete seinen reinen Duft ein und versuchte, mein rasendes Herz zu beruhigen. Vorwitzige Finger strichen über meine Haare, dann zogen sie die Nadeln aus meinem ordentlichen Knoten.

„Ich will schon die ganze Zeit dein Haar offen sehen, es spüren", murmelte er, die Augen auf seine Hände gerichtet.

Ich verharrte regungslos und erlaubte ihm, mich zu berühren. Nachdem alle Nadeln entfernt worden waren, öffnete sich meine Frisur und meine Haare fielen über meinen Rücken. Sie waren widerspenstig und leicht gelockt. Luke grunzte, wie ich hoffte, vor Zufriedenheit, während er mit seinen Fingern durch die Strähnen glitt. Meine Augen schlossen sich bei diesem fantastischen Gefühl.

„Wie gesponnenes Gold", murmelte er. Als er seine Hände sanft auf meine Schultern legte, sah ich zu ihm hoch und beobachtete, wie sich seine Augen auf meinen Mund senkten. „Ich werde dich küssen."

„Ja", hauchte ich und mein Herz begann, wie ein Rennpferd zu galoppieren. Ich wollte das so sehr.

Seine Lippen waren sanft und weich. Nur für den Moment. Dann wurde der Kuss verrucht und tief, seine Zunge glitt in meinen Mund, als ich keuchte. Der Kuss war erschreckend, da mich sofort Hitze durchflutete. Lust pulsierte durch meine Adern und nistete sich zwischen meinen Schenkeln ein. Meine Hände ergriffen sein Hemd und packten es fest, während seine mein Gesicht umfassten. Seine Handflächen waren schwielig, aber warm.

Ich hatte keine Ahnung, wie lang wir so vor dem Feuer standen, aber irgendwann hob Luke seinen Kopf und ich

Eine verrufene Frau

wimmerte. Seine Augen waren dunkelgrün, zu Schlitzen verzogen und verschleiert von Verlangen.

Ich konnte keine Luft holen.

„Diese Suite hat ein Bad. Eine Badewanne mit heißem Wasser." Seine Augen blieben auf meine geschwollenen Lippen gerichtet. „Bade. Entspann dich, denn wenn du rauskommst, werde ich dich gut beschäftigen."

„Du...du musst nicht warten", sagte ich. Meine Stimme klang fremd für mich, so atemlos und gierig, da ich ihm meine Bedürfnisse mitteilte.

Sein Mundwinkel hob sich, während seine Fingerknöchel über meine Wange strichen. „So mutig", lobte er mit einem Stöhnen. „Ich lehne dich nicht ab. Ganz im Gegenteil. Ich habe nur ein bestimmtes Maß an Kontrolle, Schatz." Er deutete mit dem Kinn in Richtung des Bades. „Ich wünsche mir, dass du dir den Staub der Reise von der Haut wäschst, dass du dir eine Minute für dich selbst nimmst, bevor ich dich in Besitz nehme."

In Besitz nehmen. Oh Gott. Nicht nehmen oder erobern oder sogar ficken. In Besitz nehmen war...mehr. So viel mehr.

Mit einem unsicheren Nicken drehte ich mich zum Bad.

„Celia", rief er.

Ich sah über meine Schulter zu ihm.

„Wenn du fertig bist, zieh dich nicht an." Seine Augen glitten an meinem Körper hinab und ich spürte, wie sich meine Brustwarzen zusammenzogen. „Ich will dich sehen. Alles von dir."

Da wurden meine Wangen warm. Er wollte mich betrachten, mich nackt und entblößt sehen. Ich hätte verängstigt sein sollen, aber es machte mich nur...begierig. Wenn irgendjemand anderes eine solch unverblümte Ansage gemacht hätte, wäre ich beschämt und angewidert und verängstigt gewesen. Aber bei Luke fühlte ich mich...Gott, erregt und begierig, ihn zu befriedigen.

Der Mann war potent und dominant und dennoch wartete er darauf, dass ich seine Erwartung akzeptierte. Wenn ich es nicht tat, wusste ich irgendwie, dass er stattdessen sanft mit mir sein würde. Aber das war, was er wollte, was er brauchte und er würde das nicht verstecken. Das sorgte nur dafür, dass ich ihn noch mehr wollte.

Meine Lippen leckend, nickte ich und ging in das andere Zimmer. Ich lehnte mich gegen die Tür und schnappte nach Luft.

Das war nur ein Kuss gewesen und ich war so erregt. Konnte ich mehr überhaupt überleben?

Es stand außer Frage, dass er mich wollte, dass er mich nehmen würde. Wusste er, dass er meine Lust nach ihm nur noch gesteigert hatte, indem er innegehalten und mir eine Chance zum Baden eingeräumt hatte? Ich konnte an nichts anderes als den Kuss denken und daran, dass er mich zum ersten Mal nackt sehen würde. Für andere Dinge. Das Warten war erregend.

Als ich in die Kupferwanne stieg, verdrehte ich die Knöpfe, bis heißes Wasser in die Wanne lief und ich beobachtete wie das dampfende Wasser sie langsam füllte. Irgendwie konnte er sich zurückhalten, aber auch nur für eine gewisse Zeit.

Ich hatte keine Ahnung, wie viel Zeit vergangen war, nachdem ich in das dampfende Wasser gesunken war, aber er klopfte einmal an, dann rief er meinen Namen.

„Ja?", antwortete ich und umfasste den Wannenrand mit meinen Fingern.

„Darf ich reinkommen?"

Ich wusste, dass er auf seiner Seite der Tür bleiben würde, würde ich Nein antworten. Ich kannte ihn nicht einmal, dennoch hatte ich Vertrauen in das Ganze, vertraute darauf, dass er mich nicht drängen würde. Aber wollte ich, dass er draußen blieb? Ich leckte meine Lippen, da ich die Antwort kannte. Ich wollte, dass er reinkam. Ich wollte mehr Küsse. Ich wollte…mehr.

„Ja", erwiderte ich mit leiser Stimme. Ich wollte es gerade lauter wiederholen, aber er hatte mich gehört.

Die Tür öffnete sich und Luke trat ein. Er sah mir in die Augen, während er sagte: „Ich konnte keine Minute länger warten."

Es gefiel mir, dass er sein Verlangen zugab, dass er mir offen die Wahrheit erzählte. Sie zeigte sich deutlich in jeder Faser seines Körpers. Sein Kiefer war angespannt, seine Hände zu Fäusten geballt und mir konnte die deutliche Beule in seiner Hose nicht entgehen.

Jetzt war ich an der Reihe. Er wartete darauf, was ich als nächstes tun würde. Obwohl ich vor Wochen die Entscheidung getroffen hatte, eine Versandbraut zu werden und in einen Zug zu steigen, war dies der Moment. Das war die Entscheidung, die mich zu der Seinen machen würde.

Luke wollte mich. Ich wollte ihn. Die Verbindung war sofort dagewesen, die Anziehungskraft real. Er wollte mich nicht einfach nur nehmen, wie John es getan hatte. Er wollte mich.

4

elia

Mich am Wannenrand hochstemmend, erhob ich mich und ließ das Badewasser über meinen nackten Körper rinnen. Ließ Luke mich betrachten. Mein Körper war nicht perfekt. Meine Brüste waren eher klein, meine Hüften breit, aber so wie sich seine Augen verengten und er mit einem Finger über seinen Mund fuhr, fühlte ich mich hübsch.

Er sagte nichts, sondern nahm nur ein Handtuch vom Stuhl in der Ecke und hielt es mir hin. Vorsichtig trat ich von der Wanne weg und in seine Arme. Er schlang das Handtuch um mich, aber anstatt es loszulassen, hob er mich in seine Arme und trug mich in das andere Zimmer, wo er mich so absetzte, dass wir vor dem Feuer knieten.

„Ich will nicht, dass du dich erkältest", meinte er und nutzte jetzt das Handtuch, um mich abzutrocknen.

Langsam strich er mit dem Handtuch über mich, meine Arme, meinen Rücken, dann meine Brust, während seine Augen seinen Bewegungen folgten. Das weiche Material strich über meine Brüste und ich hielt die Luft an.

Ein Stöhnen entwich Luke, kurz bevor er seinen Kopf senkte und eine Brustwarze in seinen Mund nahm. Er nuckelte daran und ich vergrub meine Finger in seinem seidigen Haar, hielt ihn an Ort und Stelle. Ich schrie seinen Namen mit einer Mischung aus Überraschung und Vergnügen. Ich hatte keine Ahnung gehabt, dass meine Brustwarzen so empfindlich waren!

Auf meinen Schrei hin verlor Luke jegliche Selbstbeherrschung. Seine Hände bewegten sich zu meinem Körper, streichelten ihn, drückten mich zurück, sodass ich auf dem weichen Teppich lag, während er über mir aufragte. Die Wärme des Feuers war fast zu viel, da sein Körper bereits so viel Hitze abstrahlte. Mir war nicht kalt. Da wusste ich, dass mir in seinen Armen immer warm sein würde, ganz egal welches Wetter draußen tobte.

Ich atmete schwer, während er auf mich hinabsah und sein Blick über meinen Körper wanderte. „Ich kann mich nicht zurückhalten, Celia. Ich wollte bei unserem ersten Mal sanft sein, aber…ich kann nicht."

Ich schüttelte meinen Kopf. „Nein. Halte dich nicht zurück. Bitte." Es störte mich nicht, wenn ich betteln musste, da ich mich so verzweifelt nach ihm sehnte. Seine Zurückhaltung hatte mich nur noch gieriger nach ihm werden lassen. Sie schien mein Verlangen nach ihm auf ein noch höheres Level gehoben zu haben, als es gewesen wäre, hätte er mich genommen, als wir uns zuvor geküsst hatten.

Jetzt, jetzt verzehrte ich mich regelrecht nach ihm. Um ihm zu beweisen, dass ich keine Angst hatte, winkelte ich mein rechtes Bein an und ließ es einladend zur Seite fallen. Es war ein verruchter Zug, aber Luke schien mich auf diese Weise zu mögen, wenn ich mich ihm selbst anbot. Mein unverhohlenes Interesse schien ihn nicht anzuwidern. Danach zu schließen, wie sich sein Kiefer anspannte, während er an meinem Körper hinabsah und dann an seiner Hose zupfte, führte es nur dazu, dass er noch ein wenig mehr seiner Kontrolle verlor.

Er öffnete den Hosenschlitz und zog seinen Schwanz heraus. Meine Augen weiteten sich, als er den Schaft umfasste und sich selbst streichelte.

Eine verrufene Frau

„Oh Gott", stöhnte ich. Er war groß. Lang und dick und ein perlenförmiger Tropfen Flüssigkeit quoll aus der Spitze. Meine inneren Wände zogen sich bei der Vorstellung, von ihm weit gedehnt zu werden, zusammen.

Er sah zu mir hoch und ich entdeckte, die letzten Reste seiner Zurückhaltung.

Es würde nur noch eines einzigen Wortes bedürfen, um sie zu zerfetzen. Ich kannte das Wort, wimmerte es: „Bitte."

Ich wollte gefüllt, genommen, erobert werden. In Besitz genommen werden.

Er senkte sich auf einen Unterarm, brachte sich vor meinem begierigen Eingang in Position und drang langsam in mich. Da ich an eine solche Größe nicht gewöhnt war, bewegte ich meine Hüften, um ihn aufnehmen zu können. Ich atmete ein, während ich mich an ihn gewöhnte, und packte die Rückseite seines Hemdes, als ob ich etwas bräuchte, an dem ich mich festhalten könnte. Luke war fast zu groß, weshalb er meine Hüfte ergreifen und mich bewegen musste, damit sein Schwanz noch tiefer, dann noch tiefer in mich eindringen konnte.

Ich liebte es, dass er immer noch angezogen war, nur seine wichtigen Körperteile waren unbedeckt, sodass er mich erobern konnte. Ich hingegen war völlig nackt und vor ihm entblößt.

Tief in mir verharrte er regungslos, während ich mich um ihn herum zusammenzog. Er bewegte sich erst, als ich meine Hüften nach oben drückte.

Seine Hand streichelte meine Haare, während er anfing mich zu ficken. Langsam, dennoch mit eifriger Hingabe.

„Ja!", schrie ich und wölbte meinen Rücken.

Es war nicht das Rammeln, das ich von John kannte. Es war kein Liebemachen, da ich ihn für eine so tiefe Verbindung nicht gut genug kannte. Aber es war gut. Oh so gut und dunkel und verrucht und roh und –

„Ich wette, ihre Pussy wird den Samen aus deinen Eiern melken."

Walker.

Meine Augen öffneten sich ruckartig, als ich zu Lukes Bruder hochsah. Ich hatte nicht gehört, dass er ins Zimmer getreten war. Mein Körper versteifte sich überrascht und ich umklammerte Lukes Rücken. Er hörte nicht auf, sich zu bewegen, hörte nicht auf, mich zu ficken. Er drehte seinen Kopf, um zu Walker zu schauen, aber grinste lediglich. Es störte – oder überraschte – ihn nicht, dass sein Bruder uns mitten im Akt entdeckt hatte.

Luke nahm meinen Po in seine Hand und neigte mich so, dass er über eine andere Stelle tief in mir glitt. Meine Augen schlossen sich und ich schrie bei diesem himmlischen Gefühl auf. Nichts würde dieses Vergnügen unterbrechen, nicht einmal Walker, der uns beobachtete.

„Sie ist perfekt, Bruder", verkündete Luke, der schwer atmete, während sich Walker in einen Stuhl senkte, seine Beine vor sich ausstreckte und zuschaute. Er schaute zu, wie ich gefickt wurde! „Hab keine Angst, Schatz. Lass Walker sehen, wie wunderschön du bist."

„Du bist hinreißend, Celia", bestätigte Walker mit tiefer und rauer Stimme. „So perfekt unter meinem Bruder. Ich kann hören, wie feucht du für ihn bist. Du wirst gleich kommen, nicht wahr?"

Walkers Erscheinen und Lukes entspannte Haltung hätten mich verstören sollen, ich hätte Luke von mir schieben sollen, damit ich beschämt hätte davonrennen können. Ich hätte zumindest den Wunsch verspüren sollen, mich zu bedecken. Aber das tat ich nicht.

„Mein Schwanz ist steinhart, nur weil ich dich anschaue", säuselte Walker, als ob er wüsste, dass mir seine Worte noch mehr einheizten. „Die Lust in deinem Gesicht zu sehen, zu beobachten, wie sich deine Nippel zusammenziehen. Ich wette, deine Pussy ist so süß und eng."

„Ich werde...Gott, es ist zu viel", keuchte ich.

„Schh", summte Luke. „Ich hab dich. Lass los, Schatz. Komm auf meinem Schwanz."

Mein Kopf schlug von links nach rechts, während ich versuchte, zu einem Ort, einer Stelle zu gelangen, die ich nicht erreichen konnte. Das Vergnügen war zu groß, so intensiv, dass ich Angst hatte, es würde mich überwältigen.

Eine verrufene Frau

„Walker möchte dich sehen, wenn du kommst."

Die Worte stießen mich über die Klippe. Ich spannte mich an, dann erschlaffte jeder Muskel meines Körpers unter Lukes Gewicht, meine Knochen schienen sich aufzulösen. Ich schrie mein Vergnügen hinaus, während meine Hände zu meinen Seiten fielen. „Luke!", schrie ich wieder überwältigt.

Luke stieß tief in mich, einmal, dann ein zweites Mal, dann erstarrte er tief in mir. Er stöhnte, während ich spürte, wie mich sein Samen füllte.

Er senkte seinen Kopf zu meinem Hals und unser wilder Atem vermischte sich, bevor er sich hochstemmte und sich neben mich legte.

Ich lächelte vor mich hin, badete in der Glückseligkeit, die Luke meinem Körper entlockt hatte. John hatte das nie mit mir gemacht. Ich hatte mich nie so gefühlt, wenn er mich angefasst hatte. Kein anderer Mann hatte –

Meine Augen öffneten sich. „Oh Gott!", schrie ich und neigte meinen Kopf, um zu Walker hochzusehen. Ich schnappte mir das Handtuch, das neben mir auf dem Boden lag, und zog es hoch in dem Versuch, mich zu bedecken, womit ich nicht gerade erfolgreich war.

Walker starrte mich an, völlig entspannt, den Hut in den Händen. Er trug einen Anzug und eine Krawatte ähnlich wie die seines Bruders. Er war formell gekleidet, während ich nackt und verschwitzt war und der Samen seines Bruders aus mir tropfte.

„Ich habe darum gebeten, dass uns Essen geliefert wird. Sollte nicht mehr allzu lange dauern."

Er sprach, als ob er gerade nicht etwas Privates und Verruchtes beobachtet hätte. Ich war verwirrt von meinen Reaktionen oder besser gesagt, dem Mangel an Reaktionen. Das Feuer an meiner Seite war zu viel. Ich überhitzte und Luke unternahm nichts, um mich vor den Augen seines Bruders zu schützen oder zu bedecken. Er schien es nicht aus Grausamkeit zu tun, sondern eher, weil er gewillt war, mich mit seinem Bruder zu teilen als mich vorzuführen.

Ich erhob mich auf die Füße, rannte zum nächsten Schlafzimmer und schloss die Tür hinter mir, gegen deren harte

Oberfläche ich mich anschließend lehnte. Das Holz war kühl unter meinen Händen, an meinem nackten Rücken, während ich um Atem rang. Ich war nackt und ich spürte Lukes Samen meine Schenkel hinablaufen.

Ich hatte meinen Ehemann gefickt, während sein Bruder zugeschaut hatte!

Ich schlug die Hände vors Gesicht und fragte mich, wozu ich nur geworden war. Ich hatte wagemutiger sein wollen, hatte das Vergnügen verspüren wollen, das man in einer Ehe finden konnte, aber das war nichts, was ich mir jemals vorgestellt hatte. Ich war so verrucht und verdorben. Ich war nicht so sehr darüber überrascht, dass er zugeschaut hatte, sondern viel mehr darüber, dass es mir gefallen hatte.

„Oh Gott", flüsterte ich und schüttelte meinen Kopf.

Ich starrte auf das Bett und mir wurde bewusst, dass dies kein gutes Versteck war. Ich würde heute Abend nicht nur mit Luke schlafen. So wie mich Walker angesehen hatte, so wie Luke es zugelassen hatte, war er genauso interessiert. Die Verbindung zwischen uns war genauso stark wie zwischen Luke und mir.

„Celia." Lukes Stimme war tief, dennoch ruhig. „Öffne die Tür."

Ich holte ein paar Mal tief Luft und mir wurde klar, dass ich mich ihnen stellen musste. Ich hatte zugelassen, dass John mit mir machte, was er wollte, hatte jegliche Anzeichen dafür, dass er auch außerhalb unseres Ehebettes nach Vergnügen suchte, ignoriert. Ich hatte zugelassen, dass er mich als nichts anderes als eine kostenlose Arbeitskraft für seine Praxis betrachtet hatte, als wir wussten, dass aus unserer Verbindung keine Kinder hervorgehen würden. Das war meine Schuld gewesen.

Und jetzt hatte ich mich mit Luke und Walker in die gleiche Position gebracht. Ich hatte mich dazu entschlossen, eine Versandbraut zu werden. Natürlich würde ich dabei verheiratet werden und mit meinem Ehemann schlafen. Das hatte ich die ganze Zeit über gewusst. Ich war schließlich keine zwanzig mehr. Ich war weder jung noch naiv, aber ich hatte mir nicht einmal in meinen wildesten und kühnsten Träumen ausgemalt, dass mich Luke mit seinem Bruder teilen würde.

Eine verrufene Frau

Ich konnte nicht für immer in diesem Raum bleiben. Ich kannte die Grenze von Lukes Geduld und er würde irgendwann selbst die Tür öffnen. Ich konnte ihn nicht ausschließen. Aber er wartete darauf, dass ich freiwillig rauskam. Ich musste ihnen gegenübertreten. Ich war in einer Ehe stumm gewesen und seht nur, was das mit meinem Leben gemacht hatte. In dieser Ehe würde ich nicht schweigen.

Ich schnappte mir die Decke vom Fußende des großen Bettes, schlang sie mir um die Schultern und wappnete mich, den zwei sehr leidenschaftlichen Männern gegenüberzutreten. Nach einem weiteren tiefen Atemzug drehte ich mich und öffnete die Tür. Beide Männer ragten über mir auf und wirkten ziemlich furchteinflößend. Ihre beiden Blicke wanderten über meinen von der Decke verhüllten Körper. Einen Herzschlag lang fürchtete ich, sie würden gewaltsam in das Schlafzimmer eindringen und über mich herfallen, aber das taten sie nicht. Ich sah nichts außer Besorgnis in ihren Gesichtern.

Lukes Schwanz war in seine Hose gesteckt worden und er zeigte kein äußerliches Anzeichen dafür, dass er gerade gefickt hatte, außer leicht zerzausten Haaren. Ich dachte an deren seidige Strähnen.

Ich atmete durch meinen Mund, während ich versuchte, mein rasendes Herz zu beruhigen.

Luke begann, die Knöpfe seines Hemdes zu öffnen, zog die Zipfel aus seiner Hose und das gesamte Hemd aus. „Hier." Er hielt es mir entgegen. „Du wirst dich in meinem Hemd wohler fühlen, als mit der Decke."

Ich nahm das Kleidungsstück, das von seinem Körper immer noch warm war. Dann schloss ich die Tür hinter mir, schlüpfte ungesehen hinein und knöpfte es zu. Es war groß an mir, so groß, dass es fast bis zu meinen Knien hing.

Als ich ein weiteres Mal die Tür öffnete, lächelte Luke. „Steht dir besser als mir. Bitte, Celia. Setz dich." Lukes Stimme war sogar noch sanfter als zuvor. Ich bemerkte seine nackte Brust und schluckte. Helle Haare waren auf seiner breiten Brust verteilt. Sie verjüngten sich zu seinem Bauchnabel hin zu einem V und gingen dann sogar noch tiefer. Muskeln spannten sich an und ich wollte, jeden einzelnen wohldefinierten Zentimeter seines Körpers spüren. Um dem Drang zu widerstehen – er hatte mich schließlich erst vor Minuten gefickt – ballte ich meine Hände zu Fäusten.

Sie traten zurück, sodass ich an ihnen vorbeigehen konnte. Ich lief zu der Couch gegenüber des Kamins und setzte mich, wobei ich darauf achtete, das Hemd über meine Schenkel zu ziehen. Die Männer setzten sich links und rechts neben mich, ihre Beine drückten gegen meine. Ich war umzingelt.

„Mrs. Carstairs hat uns in ihrem Telegramm ein wenig von dir erzählt", begann Luke. „Dass du Witwe bist."

Ich runzelte verwirrt die Stirn. „Nach dem, was gerade passiert ist, willst du ausgerechnet darüber reden?"

Luke wirkte ein wenig reumütig. „Vielleicht hätten wir das zuerst tun sollen."

Ich sah auf meinen Schoß, als ich fühlte, dass meine Wangen heiß wurden. Ich fragte mich, was sie ihnen wohl sonst noch mitgeteilt hatte. Hoffentlich verbarg die Hitze vom Feuer meine roten Wangen. „Ja, vielleicht", stimmte ich zu, da ich nicht den Wunsch verspürte, ihnen viel mehr Informationen zu liefern. Ich wollte nicht, dass sie schlecht von mir dachten. „Und ja, ich bin Witwe."

„Mein herzliches Beileid zu deinem Verlust", sagte Walker. Ich neigte meinen Kopf und schenkte ihm ein kleines Lächeln. „Also keine Kinder."

Es war keine Frage, da die Antwort offensichtlich war, denn mich hatten keine Kleinkinder im Zug begleitet. Dennoch schüttelte ich meinen Kopf und bestätigte meine Untauglichkeit für eine Ehe.

„Warst du glücklich, Celia?", fragte Luke. Seine Stimme war sanft, aber ich fühlte mich trotzdem umzingelt, unter Druck gesetzt, weshalb ich mich erhob, hinstellte und in das knisternde Feuer sah. Da mir die Ärmel über die Hände baumelten, beschäftigte ich mich damit, sie bis zu meinen Handgelenken hochzurollen.

„Du meinst, ob es eine Liebesverbindung war?" Ich wandte

Eine verrufene Frau

mich den Männern für meine Antwort nicht zu und keiner antwortete. Offenbar wollten sie mir Zeit lassen. „Ich dachte es zuerst. Aber ich war ziemlich jung und wusste nicht, was Liebe war. Ich wusste, dass er unabhängig war und von mir das Gleiche erwartete."

„Wir sind auch nicht herrisch."

Herrisch? Nein, Luke war nicht herrisch gewesen. Forsch, ja.

Ich hörte das Wort „wir" in seinem Satz, aber schenkte ihm nicht viel Aufmerksamkeit. Ich drückte meine Wirbelsäule durch und hob mein Kinn. „Ich werde keine einfältige Ehefrau sein, das versichere ich dir."

„Nein, ich glaube nicht, dass du das sein wirst", entgegnete Luke. „Wir sind allerdings besitzergreifende Männer, Celia und werden für deine Sicherheit und Wohlbefinden sorgen. Wir werden dir Unabhängigkeit erlauben, aber du wirst noch merken, dass wir das, was uns gehört, sehr gut beschützen."

Da wirbelte ich herum, die Hitze des Feuers wärmte jetzt meinen Rücken. „Was?"

„Wir haben einen ausgeprägten Beschützerinstinkt", wiederholte Walker.

„Wir?" Ich sah zwischen den zweien hin und her. Beide hatten ernste Gesichtsausdrücke aufgesetzt. Offene. Sie waren entspannt, ihre Blicke auf mich gerichtet. „Ähm…ich verstehe nicht."

„Ich bin nicht nur ein Minenbesitzer, sondern auch der Bürgermeister von Slate Springs", erklärte mir Luke. „Wie ich sagte, liegt die Stadt im Winter isoliert und die Bevölkerung ist überwiegend männlich. Ein neues Gesetz wurde deswegen verabschiedet."

Ein Hauch von Anspannung erschien auf Lukes Gesicht, dann war er verschwunden. Ich wunderte mich, ob ich ihn mir nur eingebildet hatte.

„Das Gesetz erlaubt zwei Männern die gleiche Frau zu heiraten."

Mein Mund klappte auf, während ich zwischen den zwei Brüdern hin und her sah. „Du meinst…ich bin – "

„Der Grund dafür, dass ich zugeschaut habe, wie du und Luke gefickt haben – dass er mir erlaubt hat, das zu tun – ist, dass du mit uns beiden verheiratet bist", beendete Walker den Satz für mich.

5

elia

„Ich hätte dir das erzählen sollen, bevor wir…nun ja, bevor ich dich genommen habe, aber ich konnte einfach nicht widerstehen und ich hatte nicht die Geduld, um auf Walker zu warten."

Lukes Mundwinkel hob sich und ich sah die Zufriedenheit in seinem Gesicht. Ich hatte sie dorthin gezaubert.

„Genauso wenig wie du", fügte er hinzu.

Ich sah auf meine bloßen Füße.

„Nein, genauso wenig wie ich", gab ich zu. Ich hatte ihn unbedingt gewollt. Das tat ich noch immer.

„Es gab keine Möglichkeit, dich langsam an diese Vereinbarung zu gewöhnen, uns Zeit damit zu lassen, es dir zu erzählen. Daher dachten wir, es wäre das Beste, wenn – "

Ein Klopfen an der Tür unterbrach ihn.

Luke fluchte unterdrückt und Walker ging, um die Tür zu öffnen.

Ein uniformierter Hotelpage schob einen mit einer Decke verhüllten Wagen herein, auf dem Teller mit Silberhauben standen. Ich wirbelte auf dem Absatz herum und sah von dem

Mann weg. Luke stellte sich vor mich, um mich vor seinem Blick zu schützen. Meine Wangen waren gerötet, weil ich mich fragte, was der Page wohl von mir dachte. Konnte er wissen, dass ich mit Luke und Walker verheiratet war? Konnte er erkennen, dass ich gerade Luke gefickt hatte? Gott, natürlich konnte er das. Ich trug Lukes Hemd!

Ich kannte Skandale, war nur allzu vertraut damit und wollte keinen weiteren haben. Aber der Mann nahm nur das Trinkgeld, das Walker ihm gab, und schloss, ohne ein Wort zu verlieren, die Tür hinter sich.

Luke legte seine Hand auf meine Schulter und drehte mich zum Tisch. Meine Brustwarzen richteten sich unter dem weichen Stoff seines Hemdes auf und Samen tropfte nach wie vor aus mir.

„Ich werde dich zwar mit Walker teilen, aber wir werden nicht erlauben, dass dich ein anderer so sieht, wie wir es tun", erklärte mir Luke.

„Vielleicht ist es besser, wenn wir essen, während wir reden", schlug Walker vor und hob einen der Deckel hoch. Ein großes, sehr rosanes Steak kam zum Vorschein, dann glasierte Karotten, Kartoffelbrei und noch mehr, als weitere Deckel hochgehoben wurden.

„Ihr habt mir gerade offenbart, dass ich mit euch beiden verheiratet bin und erwartet jetzt, dass ich mich hinsetze und esse?" Sie wirkten viel zu ruhig bezüglich des Ganzen oder vielleicht lag es daran, dass sie einfach viel mehr Zeit gehabt hatten, um sich an die Vorstellung zu gewöhnen.

Mit einem Servierlöffel schöpfte Walker verschiedene Speisen auf den Teller mit dem Steak und trug ihn zum Esstisch, der vor einem großen Fenster stand. Ich musste mir die Aussicht vorstellen, da es jetzt dunkel war.

„Bitte", sagte er und deutete mit seiner Hand auf den Teller. „Du hast gesagt, du wärst nach deiner Reise hungrig."

Ich war hungrig und das Gesprächsthema würde sich nicht ändern, ob ich aß oder nicht. Walker zog mir den Stuhl raus, bevor er sich wieder dem Essenswagen zuwandte. Luke zog den Stuhl neben mir heraus, drehte ihn um und setzte sich rittlings

Eine verrufene Frau

auf den Stuhl. Seine nackten Unterarme ruhten auf der Stuhllehne und er beobachtete mich, wie ich ein Stück Fleisch abschnitt und es in den Mund schob.

„Slate Springs hat ungefähr dreitausend Einwohner", begann er. „Nur dreihundert oder so sind Frauen. Diese sind entweder verheiratet, viel älter als die Junggesellen oder zu jung zum Heiraten. Eine junge Frau, die sich in die Stadt wagt, kommt sehr schnell unter die Haube, meistens gibt es im Vorfeld mindestens zwei Kämpfe. Da die Stadt fünf Monate im Jahr vom Rest der Welt abgeschnitten ist, werden die Männer zum Ende des Winters hin…aggressiv und gewalttätig."

Er meinte damit, dass die Männer in dieser Zeitspanne keine Frau ficken konnten, aber ich stellte das nicht klar.

„Wenn der Pass dann frei wird, sind die meisten Männer begierig darauf, die Stadt zu verlassen und nie wieder zurückzukehren. Für mich als Geschäftsbesitzer ist das besorgniserregend, da meine Minenarbeiter wiederholt ihre Jobs hingeschmissen haben. Allerdings gibt es eine nie endend wollende Schlange Männer, die bereit sind zu arbeiten. Ersatz findet man mühelos."

„Aber die Stadt wächst nicht und es gibt auch nur wenige Familien", fügte Walker hinzu. Er hatte sich auf Lukes andere Seite gesetzt und sich über seine Karotten hergemacht. Er spießte eine weitere auf. „Die sind ziemlich gut. Probier mal."

Er überredete mich dazu, eine buttrige, süße Karotte zu essen und ich nickte zustimmend. Das Essen auf der Reise war bestenfalls genießbar gewesen. Dies war die erste Mahlzeit, die ich seit Wochen zu mir nahm, bei der ich nicht entweder schnell oder allein essen musste, während der Zug Wasser und Kohlen nachfüllte.

„Die Lösung ist, zwei Männern zu erlauben, die gleiche Frau zu heiraten", erklärte Walker, als er zufrieden war, weil ich das Gemüse gegessen hatte.

„Ich kann mir nicht vorstellen, dass sich jeder für diese Idee begeistern kann. Der Klerus findet es sicherlich unmoralisch", meinte ich und schnitt ein weiteres Stück Steak. Mein Magen hatte sich nach der Überraschung der Männer beruhigt und ich bemerkte, wie hungrig ich wirklich war. Ich war froh um das Essen und darüber, dass ich etwas zu tun hatte, während wir sprachen. War das der Grund, warum Walker es vorgeschlagen hatte?

„Es gibt ein paar die gegen das Gesetz sind, aber sie sind entweder bereits verheiratet oder gehören, wie du sagst, dem Klerus an. Die Bibel wurde in die Herausforderung, vor der der Stadtrat stand, nicht mit einbezogen."

„Und dennoch hast du sie als Erkennungsmerkmal für mich auf dem Bahnsteig verwendet", konterte ich.

Walker grinste und deutete mit seiner Gabel auf mich. „Touché."

„Die meisten Männer in Slate Springs wollen eine Braut, aber die sind äußerst selten." Luke schnappte sich ein Brötchen von Walkers Teller, zerriss es in der Mitte und steckte sich ein Stück in den Mund.

„Daher euer Bedarf an einer Versandbraut", ergänzte ich. „Ich nehme an, die anderen Männer werden die Stadt verlassen müssen, um eine Braut zu finden?"

„Ja." Luke rutschte auf seinem Stuhl hin und her. „Da ich der Bürgermeister bin, erwartet jeder in Slate Springs, dass ich mit gutem Beispiel vorangehe. Damit soll sichergestellt werden, dass das Gesetz auch funktioniert, bevor andere gewillt sind, eine ähnliche Verbindung einzugehen."

„Also bin ich nur ein Experiment?" Ich wusste Luke hatte nicht speziell mich persönlich aus Mrs. Carstairs Agentur ausgewählt. Er hatte eine Frau gewollt, die ihn heiraten würde, ohne ihn gesehen zu haben. Ich hätte mich aufgrund dieser Wahrheit nicht so schlecht fühlen sollen, weil ich es die ganze Zeit gewusst hatte, aber dennoch tat ich es.

Luke beantwortete meine Frage nicht. Stattdessen stellte er selbst eine. „Und was ist mit dir? Du musst auch einen Grund gehabt haben, warum du dich dafür entschieden hast, eine Versandbraut zu werden."

In diesem Moment war ich sehr dankbar für das Essen auf meinem Teller. Ich aß ein großes Stück von einer Karotte und

Eine verrufene Frau

ließ mir beim Kauen viel Zeit, um mir einen Aufschub zu gewähren.

Ich warf einen Blick auf die Männer, die meine Handlung als das erkannten, was sie war, aber trotzdem schwiegen und geduldig warteten.

„Mein Ehemann starb und hat mich ohne Geld zurückgelassen. Auch wenn ich als Krankenschwester erfahren bin, waren meine Chancen auf einen Job in Tyler begrenzt." Vor allem bei meinem Hintergrund und dem Tratsch, der mir auf Schritt und Tritt folgte. „Ich empfand es als das Beste, an einen anderen Ort zu ziehen."

Das war vage und verriet nichts von den wahren Gründen meiner Abreise. Zufrieden mit mir selbst trank ich einen Schluck Wasser.

„Wir sind Geschäftsmänner, Celia. Wir können besser Mist verzapfen als die Meisten", erklärte Walker, der seine Worte nicht milderte. „Luke ist der Bürgermeister und diese Art von vagem Gerede ist seine Stärke."

„Das stimmt, Schatz", bestätigte Luke. Du bist wahrscheinlich dazu erzogen worden, niemandem von deinen Problemen zu erzählen, diplomatisch und unnahbar zu sein. Ich weiß eine Frau, die ein Geheimnis bewahren kann, zu schätzen, aber wir sind deine Ehemänner. Zwischen uns wird es keine Geheimnisse geben."

Ehemänner. Sie wollten, dass ich ihnen alles erzählte, anstatt zurückhaltend zu sein.

Der Kartoffelbrei schmeckte auf meiner Zunge wie Sägespäne und ich arbeitete schwer, um ihn runterzuschlucken.

„Lass mich dir spezifischere Fragen stellen und welche, die einfacher zu beantworten sind", meinte Walker, während er seine Gabel und Messer auf den Teller legte. „Wie lange warst du verheiratet?"

„Fünf Jahre."

„Nach deiner Kleidung zu schließen, wirkt es nicht, als hätte es dir in deiner Ehe an materiellen Dingen gemangelt. Stimmt das?"

„Ja", antwortete ich. Dann nahm ich mir einen Moment, um ihn zu mustern. „Du klingst wie ein Anwalt."

Daraufhin lächelte Walker strahlend, wodurch er gerade weiße Zähne offenbarte und ein Gesicht, das so gut aussah, dass mir der Atem stockte. „Das stimmt. Du hast mich entlarvt, Kleines. Jetzt lass uns das Gleiche mit dir tun."

„Welchen Beruf hat dein Ehemann ausgeübt?", fragte Luke.

„Er war Arzt."

„Beeindruckend. Und du warst seine Krankenschwester?"

Ich nickte.

„Wie ist er gestorben?"

Ich biss auf meine Lippe, da mir klar wurde, dass Walker mit den einfachen Fragen angefangen hatte und sie schnell immer schwieriger zu beantworten wurden. Mit meiner Serviette wischte ich mir den Mund ab.

„Er wurde erschossen."

Die Augen beider Männer weiteten sich.

„Es tut mir leid, das zu hören", murmelte Walker. „Du musst ihn sehr vermissen."

Ich schob meinen Stuhl bei dieser lächerlichen Bemerkung zurück und erhob mich. „Was ist mit dir, Walker?", fragte ich und lenkte das Gespräch von mir weg. „Warum hast du dieser unüblichen Ehe zugestimmt?" Ich deutete auf die zwei, die ebenfalls aufstanden. Sie hatten auf jeden Fall gute Manieren.

„Um ehrlich zu sein, wollte ich jede Nacht eine Frau in meinem Bett haben."

Seine Offenheit traf mich unvorbereitet. „Also kein Interesse an einer Liebesverbindung?"

Er warf seine Serviette auf den Tisch und begann, durch das Zimmer zu tigern. „Ich bin Witwer."

Ich konnte die Dunkelheit in seiner Stimme hören, die Anspannung in seinen Schultern sehen.

„Wieder zu heiraten, war nichts, was ich jemals in Erwägung gezogen habe. Aber das neue Gesetz hat Luke zu einer Ehe gezwungen." Er zuckte mit den Achseln, dann wandte er sich mir zu. „Es bot mir die Gelegenheit, die ich zuvor noch nie bedacht hatte."

Eine verrufene Frau

„Oh?"

„Eine Frau verdient Liebe in einer Ehe. Daher Vorwarnung, von mir wirst du das nicht bekommen. Nicht weil ich glaube, dass du sie nicht verdienst, sondern weil ich sie einfach nicht zu geben habe. Aber du wirst sie von Luke erhalten. Ich werde dir alles andere geben: meinen Schutz, mein Geld, meine Aufmerksamkeit. Meinen Körper."

Die Vorstellung fortwährenden und dauerhaften Zugriff auf Walkers Körper zu haben, hatte definitiv ihren Reiz, aber es war nicht genug. Mit der Hand über mein Gesicht wischend, lachte ich, wenn auch ohne jegliche Freude. „Keiner von uns wollte das hier. Luke, du heiratest mich aus Pflichtgefühl – "

„Ich habe dich aber nicht nur aus Pflichtgefühl gefickt", widersprach Luke, womit er mich mitten im Satz unterbrach. „Und was das Wollen betrifft, du hast mich genauso sehr gewollt wie ich dich."

Da konnte ich nicht widersprechen, denn es stimmte.

„Walker, du…heiratest mich für lebenslanges Ficken."

Er rieb sich mit der Hand über den Nacken. „Aufgrund dessen, was ich beobachtet habe, glaube ich nicht, dass es für einen von uns beiden ein großes Opfer sein wird."

„Für uns alle", korrigierte Luke. „Was ist mit dir, Celia? Du bist unseren Fragen ausgewichen. Es ist an der Zeit, alles zu offenbaren, Schatz."

Er lehnte sich mit verschränkten Armen gegen die Sofalehne.

„Ich bin die Einzige, die alles offenbart hat", entgegnete ich, womit ich darauf anspielte, dass ich nackt gewesen war, während er vollständig bekleidet geblieben war. Sie ließen sich von dieser Ablenkungstaktik nicht täuschen und ich seufzte. „Ihr wollt wissen, wie mein Ehemann gestorben ist?"

Luke bestätigte das mit einem einfachen „Ja", dann wartete er.

„Mein Ehemann wurde in unserem Ehebett erschossen, während er seine Geliebte fickte. Der Ehemann der Frau hat von ihren unrechtmäßigen Taten erfahren und sie zusammen in flagranti erwischt. Hat sie beide getötet."

„Fuck", murmelte Walker und schüttelte seinen Kopf.

„Er hat dich ohne Geld zurückgelassen?"

Ich sah zu beiden Männern, dann weg. Sie schienen eher wütend als aufgebracht zu sein.

„Das Haus und jegliches Geld auf der Bank gingen an seinen Neffen."

„Hättest du nicht für einen anderen Arzt als Krankenschwester arbeiten können?"

Meine Hände in die Hüften stemmend, starrte ich Luke mit zu Schlitzen verzogenen Augen an. „Du denkst wie ein Mann."

„Du meinst, welcher Arzt würde eine Frau einstellen, deren Ehemann ermordet worden ist", erwiderte Luke.

Walker schüttelte seinen Kopf. „Nein, es war schlimmer als das, nicht war, Kleines? Sie haben dir die Schuld gegeben. Der Ehemann, die Stadt, alle."

Tränen traten mir in die Augen, aber ich blinzelte sie weg und weigerte mich, ihren Blicken zu begegnen. Ich war daran gewöhnt, dass John abgelenkt war, mir nie seine ganze Aufmerksamkeit schenkte. Aber Lukes und Walkers Aufmerksamkeit schwankte nie und ich fühlte mich unter ihrem prüfenden Blick unwohl.

„Ah, Celia", flüsterte Luke.

Ich ließ meine Hände an meine Seiten fallen. „Ich hätte eine bessere Ehefrau sein sollen. Hätte ihn glücklich machen sollen. Hätte ihm Kinder schenken sollen. Ihn befriedigen sollen, damit er keine andere Frau aufsucht."

„Mit deinem Ehemann hat etwas nicht gestimmt, Schatz, nicht mit dir. Sieh dich doch nur an." Luke hob seine Hand und seine Augen wanderten über meinen Körper. „Du bist wunderschön. Du bist in meinen Armen, auf meinem Schwanz zum Leben erwacht. Jeder Mann bei klarem Verstand, würde dich wollen. Zur Hölle, ich konnte nicht einmal zehn Minuten warten."

„Ich will dich auch", fügte Walker hinzu, legte eine Hand auf die Vorderseite seiner Hose und rieb seinen Schwanz. Ich errötete bei ihren Worten, während ich daran dachte, wie forsch ich gewesen war, wie sehr es mir gefallen hatte, als Walker Luke

Eine verrufene Frau

und mich mitten im Akt erwischt hatte, auch wenn es mich zuerst gestört hatte.

„Da du mittellos und ohne Job warst und dein Name beschmutzt worden war, hast du dich dazu entschieden, eine Versandbraut zu werden", fasste Walker alles zusammen und riss mich damit aus meinen sexuellen Gedanken.

Was er gesagt hatte, stimmte alles. Jedes bisschen. Er war nicht grausam, weil er es laut aussprach, nur ehrlich.

Aber bei meiner Erzählung hatte ich Carl Norman weggelassen, den Bruder des Mannes, der John und seine Gespielin getötet hatte. Da ich Zeugin von Neil Normans Verbrechen geworden war, hatte meine Aussage sein Schicksal besiegelt und er war noch in der Woche der Tat gehängt worden. Carl hatte mich zwei Tage nach der Hinrichtung angesprochen und mich seitdem in der Stadt verfolgt und mir gedroht mich zu töten, da er mir die Schuld am Tod seines Bruders gab.

Ich war diejenige, die zugelassen hatte, dass ihr Ehemann nach einer anderen Frau suchte. Wenn ich eine bessere Ehefrau gewesen wäre, sexuell aufmerksamer und ihm Kinder geschenkt hätte, wäre er mit mir zufrieden gewesen. Aber nein. Er war gezwungen gewesen, seine Bedürfnisse woanders zu befriedigen. Als mich Carl in eine Gasse gezogen und mich dort mit einer Hand um meinen Hals gegen die Wand gedrückt hatte, hatte ich ihm nicht erzählen wollen, dass das Problem vielleicht auch bei seinem Bruder gelegen haben könnte, der offensichtlich auch nicht in der Lage gewesen war, seine Frau zu befriedigen.

Obwohl ich wegen meines ruinierten Rufes aus Tyler geflohen war, hatte ich gleichzeitig auch um mein Leben gefürchtet. Seitdem hatte ich ständig meine Augen nach Carl offengehalten. Während die fingerförmigen Würgemale an meinem Hals verblasst waren, waren meine Sorgen nicht verschwunden. Ich hatte gewusst, dass er mich beobachtete und auf den richtigen Moment wartete, um mir schaden zu können. Ich hatte gedacht, dass er mir in seiner Wut von Tyler folgen und vielleicht etwas tun würde, wie mich vom fahrenden Zug zu werfen. Das war eine einfache und sehr saubere Art jemanden zu töten. Ein Körper, der in der offenen Prärie Westtexas oder Oklahomas verrottete, wo ihn niemals jemand finden würde. In meinem Fall würde mich nicht einmal jemand vermissen oder mein Verschwinden hinterfragen. Niemand interessierte sich für mich.

Als ich in Denver auf den Bahnsteig getreten war, war ich erleichtert gewesen. Aber es hatte meine Ängste nicht vollständig beseitigen können, da er mir in einem späteren Zug folgen könnte. Ich würde immer nach ihm Ausschau halten, da ich wusste, er würde sich von seinem Vorhaben nicht abbringen lassen.

Die Nachricht, dass Luke und Walkers Stadt für einige Monate eingeschneit sein würde, hatte mich schon fast fröhlich gestimmt. Das bedeutete, dass Carl mich nicht erreichen konnte. Vielleicht würde sich in dieser Zeit entweder seine Wut dämpfen oder er aufgeben.

„Keiner von uns wollte diese Ehe", stellte ich fest, womit ich die Wahrheit offen ansprach.

Luke und Walker schwiegen.

„Ihr könnt sie annullieren, wisst ihr", fuhr ich fort. „Ich werde hier in Denver bleiben und mir einen Job suchen. Ich bin mir sicher hier werden die Fähigkeiten einer Krankenschwester gebraucht."

6

elia

Luke stieß sich von der Sofalehne ab und stand abrupt auf.

„Nein." Beide Männer sprachen zur gleichen Zeit, ihre Stimmen klangen laut, befehlend.

Ich trat, von ihrer Heftigkeit überrascht, einen Schritt zurück.

„Nein?", fragte ich und leckte über meine Lippen.

„Wir wollten zwar nicht heiraten, aber wir wollen dich", verkündete Luke und sah zu seinem Bruder, der nickte. „Habe ich das nicht gerade vor dem Feuer bewiesen? Du trägst mein Hemd." Er deutete auf meine knappe Bekleidung. „Mein Samen tropft deine Schenkel hinab. Zur Hölle, du bist zum Höhepunkt gekommen, während Walker zugesehen hat. Ich würde sagen, du willst uns auch."

Ich lief dunkelrot an.

„Anders als dein erster Ehemann sind wir ehrenhaft. Wir gehen nicht fremd. Wir sind kein bisschen wie er, Kleines", fügte Walker hinzu.

Da lachte ich, denn es gab wirklich keinen Vergleich zwischen dem dünnen, blassen Mann, den ich vor fünf Jahren geheiratet hatte und diesen zwei stattlichen Cowboys. „Nein, nein, ihr seid überhaupt nicht wie er. Aber ich war nur mit einem Mann verheiratet, nicht zweien."

„Du hast Bedenken", stellte Luke fest.

„Ich habe Fragen", entgegnete ich. „Wie zum Beispiel, wie funktioniert es?"

„Mit zwei Männern verheiratet zu sein?", fragte Walker. „Das ist auch für uns das erste Mal. Das erste Mal für die Stadt. Ich denke, wir können diese Ehe so gestalten, wie wir wollen."

Ich biss auf meine Lippe. „Ja, aber…ich meinte im ähm…Schlafzimmer."

Lukes Augen weiteten sich, dann lächelte er. „Hat es dir gefallen, mich zu ficken, Schatz?"

Ich nickte, denn ich konnte nicht lügen. Sie waren beide Zeugen meiner ersten Erlösung gewesen.

„Mit uns beiden verheiratet zu sein, bringt dir zwei Männer ein, die dir Lust bereiten können."

Er sagte das so einfach, so mühelos, so selbstbewusst. War sich sicher, dass sie mich beide befriedigen könnten.

Ich errötete und drehte mich weg, sah blind auf das Essen auf dem Tisch.

„Was willst du, Celia?", wollte Luke wissen. „Was erhoffst du dir von einer Ehe? Du warst verheiratet und weißt, wie es ist, was dir gefehlt hat. Worauf hoffst du? Wir werden es dir geben."

Ich fühlte mich zermürbt, da meine Emotionen offengelegt wurden. Die Narben meiner ersten Ehe schmerzten und Walker und Luke schienen zu wissen, wie sie jede einzelne zu Tage fördern konnten. Ich nahm eine Gabel hoch, musterte die Verzierungen im Silber. „Wie kannst du das sagen? Woher willst du wissen, was ich will?"

„Ist es Geld? Du musst dir nie Sorgen darüber machen, dass du hungern wirst, das verspreche ich dir", schwor Luke.

„Ist es Schutz?", erkundigte sich Walker. „Dir wird kein Schaden zugefügt werden, wenn du mit uns zusammen bist."

Ich dachte daran, wie mich Luke vor dem Blick des Pagen verborgen hatte.

Sehnsucht breitete sich in meiner Brust aus. Das war genau

das, wonach ich mich so sehr sehnte, das Wissen, dass sie sich um mich kümmern würden, dass die schlimmen Dinge in der Welt, wie Carl Norman, mich nie behelligen würden. Aber sie konnten mich nicht vor meiner Vergangenheit beschützen. Niemand konnte das.

„Erzähl es uns, Schatz", verlangte Luke.

War es so einfach, dass ich ihnen nur meine Wünsche erzählen musste und sie würden sie mir erfüllen? Es war nie so einfach. Ich wollte eine Ehe, die zumindest auf gegenseitigem Respekt begründet war, aber John hatte mich nicht respektiert. Ich hatte ihn einige Zeit gekannt, bevor wir geheiratet hatten. Aber diese Männer...ich wusste nichts über sie. Und dennoch versprachen sie mir, mir meine Wünsche zu erfüllen?

Ein Knoten aus Frust und Wut bildete sich in meiner Brust. Meine Hände ballten sich zu Fäusten. Wenn sie wissen wollten, was ich wollte, dann würde ich es ihnen sagen. Was machte es zu diesem Zeitpunkt schon für einen Unterschied? Als sie verkündet hatten, dass Walker ebenfalls mein Ehemann war, schien es, als wären die gesellschaftlichen Regeln außer Kraft gesetzt worden. Und daher öffnete ich meinen Mund und erzählte es ihnen.

Ich wirbelte herum, hob mein Kinn und sagte: „Ich will einen Mann, der mich nicht ignoriert. Der mich anlächelt und vernünftige Gespräche mit mir führt. Ich will einen Mann, der respektvoll und höflich ist. Ich will, dass mir ein Mann mehr gibt als Essen und ein Dach über dem Kopf. Ich will einen Ehemann."

„Dann erhältst du zwei, die das tun werden, Kleines", meinte Walker, als ich Luft holte.

Ich hielt meine Hand hoch. „Ich bin noch nicht fertig. Ich will jemanden, der ganz mir gehört. Mit dem ich Geheimnisse teilen und mit dem ich lachen kann."

Als ich erst einmal in Fahrt war, war es einfach, alles rauszulassen und zu erzählen, was ich wollte. Deswegen hörte ich nicht auf.

„Ich will auch gefickt werden, gut und richtig. Ich will es nicht nachts im Dunkeln. Ich will kein schnelles Gerammel und dann nichts. Ich will Erfüllung, hemmungslose Hingabe." Ich dachte an Johns Geliebte und wie sehr sie genossen hatte, was er mit ihr gemacht hatte, bevor sie entdeckt worden waren. "Ich will gefesselt werden. Genommen werden. Dinge tun, die ich mir nie vorgestellt habe."

Ich atmete schwer, meine Haut war heiß und kribbelte. So, ich hatte es ausgesprochen. Ich hatte genau erzählt, was ich wollte, alles, was ich John nie gesagt hatte.

Die Blicke beider Männer wurden dunkel und intensiver.

"Ich bin stolz auf dich, dass du uns das mitgeteilt hast. Es muss schwer für dich gewesen sein, das Letzte zuzugeben", sagte Walker. Seine lobenden Worte waren Balsam für meine Seele. "Du hast mit Luke einen Vorgeschmack darauf bekommen, wie es sein wird. Auch wenn es ein schneller Ritt war, war es wild und voller Leidenschaft."

Ich spürte, wie wund ich von unserem Akt zwischen meinen Beinen war, da ich an einen Mann seiner Größe und seines… Elans nicht gewöhnt war.

"Ja. Das stimmt." Ich schüttelte langsam meinen Kopf. "Aber ich werde nicht mit einem Mann…mit Männern verheiratet sein, die fremdgehen. Ich werde nicht akzeptieren, dass ich einfach zur Seite geschoben werde. Wenn ich nicht genug bin, dann lehnt mich jetzt ab."

"Dich ablehnen?", fragte Luke. "Ich werde dich übers Knie legen, wenn du auch nur daran denkst, aus dieser Tür zu laufen."

Meine Augen weiteten sich und ich spürte, wie meine Wangen bei der Vorstellung, mich in dieser Position zu befinden, heiß wurden. Ich erinnerte mich an Johns Geliebte und wie sehr es ihr gefallen hatte, als er ihren nackten Hintern versohlt hatte. Das Geräusch, das Klatschen von Haut auf Haut und dann der feurige Schmerzensstich. Ich wollte das. Ich wollte wissen, wie es sich anfühlte. Ich wollte alles kennenlernen.

"Ich kann sehen, dass dich das erregt. Nicht wahr, Schatz?", wollte Luke wissen.

Ich biss auf meine Lippen und fragte mich, ob ich die Wahrheit zugeben sollte. Die Wahrheit war allerdings bereits raus, also warum sollte ich sie jetzt leugnen? Daher nickte ich.

Eine verrufene Frau

Luke trat zu mir, aber ich hielt still, um ihn nicht wissen zu lassen, dass ich etwas nervös war. Ich hatte keine Angst vor ihnen, aber ich war mit John nie völlig ehrlich gewesen, hatte ihm nie meine dunkelsten Geheimnisse anvertraut. Die Wahrheit war machtvoll und daher wunderte ich mich, was sie als nächstes sagen…oder tun würden.

„Wir werden niemals eine andere wollen", murmelte er.

Sein Ton war ruhig, seine Stimme ernst.

Ich sah zu ihm hoch, sah den ernsten Gesichtsausdruck. „Wie kannst du das sagen? Ich…ich habe John nicht befriedigt. Ich werde nicht zulassen, dass ihr mich fickt und später als mangelhaft empfindet. Mir wäre es lieber, wenn ihr euch jetzt dazu entscheiden würdet, dass ihr mich nicht wollt, bevor… bevor ich Gefühle habe."

„Mangelhaft?", wiederholte Luke fragend. „Walker, als du mich beim Ficken mit unserer Braut beobachtet hast, sah es für dich so aus, als würde ich Celia mangelhaft finden?"

„Zur Hölle, nein. Frau", knurrte Walker. „Wir werden es ein letztes Mal sagen. Du wirst bleiben und wir werden nicht fremdgehen."

Die Heftigkeit in seinem Ton bewog mich dazu, ihm Glauben zu schenken, aber die Zweifel blieben dennoch. „Ich – "

„Du hast uns deine Sorge gegeben. Lass sie los", verlangte Luke. Seine Fingerknöchel strichen über meine Wange und ich erschauderte. „Du willst, dass wir die Kontrolle übernehmen, dass wir dir geben, was du brauchst."

Wollte ich das? Wollte ich, dass sie mir meine Sorgen abnahmen? War das der Grund dafür, dass ich ihnen meine Geheimnisse anvertraut hatte? Hatte ich das getan, damit sie die Wahrheit kannten und mich trotzdem wollten, um genau das zu tun, was ich wollte?

Mein Blick begegnete seinem, dann huschte er über seine Schulter zu der dekorativen Tapete. „Wie könnt ihr das tun, mir geben, was ich brauche, wenn…wenn ich selbst nicht einmal weiß, was ich brauche?"

Walker trat näher zu mir. Ich hatte einen Mann vor mir, den anderen an meiner Seite. Walkers große Hand legte sich sanft auf meine Schulter. „Wir werden es gemeinsam herausfinden. Aber das ist genug für heute Abend. Du bist erschöpft und wir haben dich ziemlich überrascht. Auch wenn ich wirklich gerne die Hitze deiner Pussy um meinen Schwanz spüren möchte, bin ich mir sicher, dass du ein wenig wund bist. Hmm?"

Würde ich jemals aufhören, zu erröten? „Ja", gestand ich.

„Morgen ist noch früh genug", sagte er und zog mich in seine Arme. Er fühlte sich anders an als Luke, sein Duft war anders.

7

elia

MIR WAR SO WARM, VIEL ZU WARM UND ICH VERSUCHTE, DIE schwere Decke von mir zu schieben. Als ich meine Hände über mich hob, um eben dies zu tun, merkte ich, dass es keine Decke war, sondern ein Arm. Mein Atem stockte und mein Herz setzte einen Schlag aus, bevor es mir wieder einfiel. Luke und Walker. Ich war mit einem von ihnen im Bett.

Als ich nach unten sah, entdeckte ich einen Arm, der mit dunklen Haaren überzogen war und über meiner Taille lag. Aufgrund der Haarfarbe an den Armen wusste ich, dass es Walker war. Die Hand war so groß, dass sie von meinem Hüftknochen so weit reichte, dass sein Daumen die Unterseite meines Busens berührte. Meines entblößten Busens. Ich hatte Lukes Hemd ins Bett angezogen, aber es war über meine Taille hochgerutscht und Walkers Hand lag darunter.

Da fiel mir alles wieder ein. Die Ankunft in Denver, das luxuriöse Hotelzimmer, das Drängen der Männer, die schwere Wahrheit zu gestehen, das Ficken. Gott, das Ficken.

Die Decke war zu meiner Taille gerutscht und ich wurde gegen eine feste Wand von Mann gedrückt, dessen Vorderseite gegen meinen Rücken drückte, sodass wir wie zwei Löffel in einer Schublade dalagen. Ich spürte jeden harten Zentimeter seines Körpers. Die Haare auf seiner Brust kitzelten meinen Rücken, seine kräftigen Schenkel waren hinter meine gezogen. Das bedeutete, dass die Härte, die gegen meinen Po drückte, sein –

„Hab keine Angst, Kleines."

Walkers Stimme war rau und tief vom Schlaf.

Ich hätte Angst haben sollen. Ich befand mich im Bett eines Fremden, in seinen Armen und war praktisch nackt. Ich hatte verruchte und verdorbene Dinge mit seinem Bruder getan.

Ein Wimmern entwich mir, kurz bevor er sich bewegte, sodass ich auf meinem Rücken lag und er, auf einen Unterarm gestützt, über mir aufragte. Er begann, die Knöpfe an der Vorderseite des Hemdes zu öffnen und entblößte mich Zentimeter für Zentimeter.

Ich sah zu Walker hoch. Seine dunklen Haare, die letzte Nacht ordentlich gekämmt gewesen waren, fielen in seine Stirn und waren vom Schlaf zerzaust. Seine Schultern waren so breit, dass sie das helle Licht, das durch das Fenster fiel, aussperrten. Seine Augen lagen auf der Haut, die er freilegte.

„Hast du gut geschlafen?", fragte er, während er den Stoff teilte, sodass er zu beiden Seiten meines Körpers fiel. Bis auf meine Arme war ich nun für ihn entblößt.

Mir wurde bei seinem ehrlichen und offenkundig prüfenden Blick heiß. Ob ich gut geschlafen hatte? Ja. Ich hatte schon lange nicht mehr so gut geschlafen. Ich konnte mich kaum daran erinnern, unter die Decken gekrochen zu sein, dass Walker ebenfalls ins Bett gestiegen und mich in seine Arme gezogen hatte. Ich erinnerte mich daran, dass sich Luke auf meiner anderen Seite niedergelassen hatte, aber an sonst nichts.

Ich nickte.

Da lächelte er und die harten Kanten, die er in der vergangenen Nacht zur Schau gestellt hatte, verschwanden. „Gut. Du hast eine lange Reise hinter dir und wenn du davon nicht geschwächt warst, dann hat dich Luke mit Sicherheit erschöpft."

Daraufhin errötete ich und er grinste breit, während er mit einem Finger über mein Schlüsselbein strich.

„Du wirst rot, wenn dir etwas peinlich ist. Überall."

Ich blickte von seinen hypnotisierenden Augen weg. „Wo ist Luke?"

Seine Hand erstarrte. „Hast du Angst vor mir?"

„Nein. Ich habe mich nur…gewundert."

Walker seufzte. „Er muss einige Besorgungen erledigen, aber wird bald zurück sein." Er warf einen Blick über seine Schulter zum Fenster. „Das Wetter ist heute wieder ganz gut, aber Wolken hängen über den Bergen, was bedeutet, dass es dort oben schneit. Obwohl ich gerne noch mindestens einen, wenn nicht sogar zwei, Tage mit dir in diesem Bett verbracht hätte, müssen wir nach Hause gehen."

Das brachte meine Gedanken in Rekordgeschwindigkeit auf Hochtouren, da mir Carl Norman einfiel. „Oh!"

Ich versuchte, unter Walker wegzurutschen, aber er bewegte sich nicht. So groß wie er war, konnte ich nicht aufstehen, wenn er es nicht zuließ. Die Vorstellung, dass er mich im Bett festhielt – dass er mich unter sich haben wollte – war ziemlich toll, da John mich nie auch nur festgehalten hatte. Nicht einmal. Aber je länger wir in Denver blieben, desto größer wurde die Wahrscheinlichkeit, dass Karl mich fand. Auch wenn ich mir nicht sicher sein konnte, dass er seine Drohungen wahr machen würde, konnte ich sie auch nicht ignorieren. Ich musste weiterziehen. Je eher wir in Slate Springs und der Pass hinter uns geschlossen war, desto besser.

„Ja, wir sollten uns beeilen."

Walker bewegte seinen Arm und ich stemmte mich nach oben und glitt zur Bettseite. Als ich mich aufsetzte, bemerkte ich, dass ich keine Decke hatte, keine Möglichkeit, um mich zu bedecken. Ich konnte lediglich die Flügel von Lukes Hemd zusammenraffen, aber es klaffte nach wie vor auf. Er hatte mich zwar in der vergangenen Nacht nackt und unter Luke gesehen, aber das Morgenlicht verbarg nun gar nichts.

Über meine Schulter blickend, sah ich, dass Walker sich nicht bewegt hatte, sondern einfach entspannt und gelassen liegen geblieben war, während er mich beobachtete. Obwohl er ein Leuchten in den Augen hatte, das auf sein Interesse hinwies, machte er keine Anstalten etwas zu unternehmen. Es schien ihn kein bisschen zu stören, mit einer Frau aufzuwachen, die er kaum kannte.

„Du scheinst dich ziemlich wohl zu fühlen. Ist das etwas, das du öfters machst?" Ich biss auf meine Lippe, sobald die Worte meinen Mund verlassen hatten, da sie scharf klangen und kein Stück zurückhaltend.

Walkers Augen verzogen sich zu Schlitzen, aber ansonsten deutete nichts darauf hin, dass ihn das Ganze irgendwie tangierte. Er musterte mich für eine ganze Weile ruhig, so lange, dass ich mich unter der Intensität seines Blickes winden wollte.

„Eifersüchtig, Kleines?"

Mein Mund klappte auf. „Was? Nein! Ich hätte nicht sagen sollen...ich meine, es war...lass mich aufstehen."

„Ich halte dich nicht im Bett fest."

„Ja, aber ich brauche mehr als Lukes Hemd."

„Mir wäre es lieber, wenn du dich gar nicht bedecken würdest, denn du bist äußerst reizend. Ah, da ist die Röte wieder." Er lächelte sanft und ich weigerte mich, auf meine Brust hinabzusehen, die, wie ich wusste, genauso rot anlief wie meine Wangen. „Ich bin in diese Ehe genauso wenig jungfräulich gegangen wie du. Wir waren beide schon mal verheiratet. Ich habe geschworen, dir treu zu sein und das werde ich, aber wir können die Vergangenheit nicht ungeschehen machen. Was ich vor dir getan habe, spielt keine Rolle."

Ich seufzte und betrachtete ihn. Er entschuldigte sich nicht für das Zusammensein mit anderen Frauen, da er keinen Grund dazu hatte. Er hatte recht. Was er vor meiner Ankunft getan hatte, spielte keine Rolle. Er hatte auch darin recht, dass meine zänkische Frage aus Eifersucht geboren worden war.

„Es tut mir leid." Das war schlicht, aber gut genug, da er nickte.

„Um deine Frage zu beantworten, ich fühle mich so wohl, weil ich glücklich bin. Ich habe bemerkt, dass ich es sehr genieße, wieder verheiratet zu sein."

Eine verrufene Frau

„Aber wir haben nicht…ich meine – "

„Gefickt?", fragte er. „Letzte Nacht hattest du kein Problem mit dem Wort, Kleines." Er zupfte sanft am Saum von Lukes Hemd, aber nicht stark genug, um es mir aus der Hand zu reißen. Es war allerdings genug Zug dahinter, dass ich wusste, er könnte mich mühelos vor sich entblößen und das mehr als mit Worten. „Sag es."

„Gefickt", murmelte ich.

„Braves Mädchen. Wir werden dich schon bald wieder ficken", versprach er. „Und ich habe es genossen, mit dir in meinen Armen zu schlafen. Hat Luke dich nicht zufriedengestellt?"

Ich schürzte meine Lippen. „Du hast mich in die Enge getrieben. Wie könnte ich leugnen, dass er es getan hat? Wie könnte ich leugnen, dass ich es genossen habe?"

Sein Grinsen kehrte zurück. „Und dennoch hast du Angst, dass ich dich…für was halten werde?"

„Eine Hure", wisperte ich und sah weg.

Seine Augen wurden schmal. „Ich mag diesen Ausdruck nicht oder die Art und Weise, wie du von dir denkst. Wenn du noch einmal schlecht von dir sprichst, werde ich dich über mein Knie legen."

Ich war schockiert von seiner Heftigkeit und wusste nicht, was ich sagen sollte.

„Kleines, zu genießen, was deine Ehemänner mit dir im Bett – oder außerhalb – tun, macht dich nicht zu einer Hure."

Ich biss auf meine Lippe. „Aber ich habe das zuvor noch nie gemacht."

Unser Gespräch war mir unendlich peinlich. John und ich hatten nie über solche Dinge geredet. Vielleicht war das eines unserer Probleme gewesen. Wenn er gewusst hätte, dass ich unzufrieden war, hätte er dann seine Vorgehensweise verändert? Ich dachte an seine strenge Routine und seine lockeren Eheansichten. Höchstwahrscheinlich hätte er nichts anders gemacht. Das hätte ihn wahrscheinlich nur noch schneller in die Arme einer anderen Frau getrieben.

Walker streckte seine Hand aus und zog mich zurück neben

sich, womit er mich aus meinen Gedanken über John riss. Sein dunkler Blick suchte wieder einmal mein Gesicht ab. Ich konnte die Träne, die mir entkam, nicht zurückhalten. Mit seinem Daumen wischte Walker sie weg.

„Du hast uns ein tolles Kompliment gemacht", meinte er. „Dein Ehemann konnte dich nicht befriedigen und das ist traurig. Du bist gestern Nacht so heftig für Luke gekommen." Ich drehte meinen Kopf weg, aber Walker neigte meine Wange nach hinten, sodass ich nicht wegsehen konnte. „Du bist gekommen, weil wir dir gegeben haben, was du gebraucht hast. Du kannst keine Vergleiche anstellen, Kleines. Ich verspreche dir, Luke und ich werde dich nicht nur im Dunkeln unter der Decke ficken. Wir werden Dinge mit dir tun, die dich überraschen werden, die dich alles in Frage stellen lassen werden, was du bisher gekannt hast."

Ich hörte, wie eine Tür geöffnet und geschlossen wurde, dann schwere Schritte.

„Luke ist zurückgekehrt."

Innerhalb von Sekunden stand er in der offenen Schlafzimmertür.

Ich sah, dass mein Hemd wieder auseinanderklaffte und meine Brüste freilagen. Die weichen Haare auf Walkers Brust kitzelten meinen Bauch. Lukes Blick wanderte über uns beide, während er aus seinem Mantel schlüpfte und ich konnte mir nur vorstellen, was er dachte.

Er warf den Mantel auf ein Kanapee, setzte sich und zog seine Stiefel aus.

„War dein Ausflug erfolgreich, Bruder?", fragte Walker, der sich nicht von mir bewegte.

„Das war er." Luke erhob sich zu seiner vollen Größe und griff in seine Manteltasche. Da er uns den Rücken zugewandt hatte, konnte ich nicht sehen, was er hervorholte.

„Während wir geschlafen haben, Kleines, hat Luke einige Dinge besorgt, die wir in Slate Springs nicht kaufen konnten." Walker bewegte sich so, dass er aufrecht im Bett saß und gegen die Kissen lehnte, so locker und entspannt wie sonst was.

Die Decke lag niedrig um seine Taille und ich musterte

Eine verrufene Frau

seinen Oberkörper. Obwohl ich in seinen Armen aufgewacht und seine Brust gefühlt hatte, war dies das erste Mal, dass ich sie tatsächlich sah.

Er war so viel größer und schwerer als John, wohl definierte Muskeln zeichneten sich unter seiner dunklen Haut ab. Einige Haare wuchsen zwischen flachen, dunklen Brustwarzen auf seiner Brust. Er war sogar schlanker als Luke, aber nicht weniger attraktiv.

Luke räusperte sich und ich lief dunkelrot an, weil ich dabei ertappt worden war, wie ich Walkers Oberkörper mit Blicken verschlang. Ich raffte das Hemd vor der Brust. Beide grinsten mich an.

„Erinnerst du dich an letzte Nacht, als du uns gefragt hast, wie unsere Ehe funktionieren würde? Wir sagten, du würdest von zwei Männern befriedigt werden."

„Ja", erwiderte ich. „Ich erinnere mich."

„Ich habe dich ohne Walker genommen. Er wird dich gelegentlich ohne mich vögeln. Manchmal werden wir dich einer nach dem anderen nehmen." Luke neigte seinen Kopf zur Seite.

Ich konnte spüren, wie mir die Röte ins Gesicht stieg und fragte mich, ob es mir jemals nicht mehr peinlich sein würde. Aber meine Scham wurde von ihrem ruhigen Auftreten und dem Hauch von Begehren in ihren Blicken abgemildert. Das Ganze ließ auch sie nicht kalt. Sie wollten es ebenfalls. Brauchten es.

„Bald werden wir dich gemeinsam nehmen."

„Zur gleichen Zeit", fügte Walker hinzu.

Ich sah zu ihm, dann zu Luke und versuchte zu verstehen, was sie damit meinten.

„Ich werde deine Pussy nehmen", erklärte mir Luke.

„Und ich werde deinen Hintern nehmen."

Das Hemd entglitt meinen Fingern ein wenig, da mir bewusstwurde, was sie meinten. Ich schluckte schwer und leckte über meine Lippen. „Du meinst…gemeinsam?"

Das hatte er zuvor schon gesagt, aber ich hatte nicht realisiert, dass gemeinsam *gemeinsam* bedeutete.

Luke nickte.

„Aber...aber ihr seid beide so groß. Ich habe noch nie", ich schüttelte meinen Kopf, „das wird nicht funktionieren."

Walker gab ein sehr männliches Grunzen von sich. „Oh, das wird es, Kleines. Wir müssen dich nur vorbereiten."

Meinen Kopf drehend, sah ich zu Walker. Sein Gesichtsausdruck war so freundlich, so entspannt. Wie konnte er nur so empfinden, wenn wir doch über etwas so...Falsches sprachen?

„Das ist schändlich, alles davon. Dieses Gespräch und wie ich mich gestern Nacht verhalten habe", gestand ich und sah auf das Bett hinab. „Ich habe dich zuschauen lassen, während er... während er mich gefickt hat."

Walker streckte seine Hand aus und zog mich an sich, dieses Mal mit so viel Kraft, dass ich mit einem überraschten Keuchen auf ihn fiel.

Seine Arme um mich schlingend, zog er mich nach oben, sodass ich auf seiner Brust lag. Die Decke befand sich zwischen uns, Walker darunter und ich darüber. Er zog an Lukes Hemd und riss es mühelos von mir, warf es zu Boden.

„Walker!", schrie ich und versuchte, ihm zu entkommen, aber er hielt mich mit einer Hand im Kreuz, der anderen am Hals fest. Sein Griff war nicht grob, aber nachdrücklich.

„Du musst zuhören, Kleines. Wir haben es zuvor schon gesagt und wir werden es wieder und wieder sagen, bis du es verstehst. Was wir gemeinsam tun, ist nicht schändlich. Uns gegenseitig Vergnügen zu bereiten, ist nicht schändlich oder peinlich. Uns deine Wünsche zu verraten, uns zu erzählen, was dich erregt, was dich zum Höhepunkt bringt, macht dich zu so einem braven Mädchen."

Luke trat an die andere Seite des Bettes und ging in die Hocke, damit er mir direkt in die Augen blicken konnte. Er sah so gut aus, seine blonden Haare waren von seinem Hut in einer Linie eingedrückt worden. Seine Wangen waren glattrasiert, als ob er sehr viel früher aufgestanden wäre und sich rasiert hätte. Sein Duft war anders als Walkers. Wie frische Luft und Holzrauch. Walker roch mehr nach scharfen Gewürzen.

Gemeinsam waren ihre vermischten Düfte berauschend und so unglaublich männlich.

Unter meiner Wange hörte ich Walkers gleichmäßigen Herzschlag, während seine Hitze auf meinen Körper überging. Wohingegen John ein ruhiges Auftreten und Stille genutzt hatte, um mich aus der Ruhe zu bringen, spürte ich, dass diese zwei Männer geduldig und ausgeglichen waren, als ob sie mir die Zeit lassen wollten, um unser Gespräch zu verarbeiten und sie zu verstehen. Uns zu verstehen.

„Es ist unser Privileg als deine Ehemänner, dir genau das zu geben, was du brauchst. Genauso wie du es für uns tun wirst", ergänzte Luke.

8

elia

„ABER ICH GLAUBE NICHT, DASS ES MIR GEFALLEN WIRD, WENN IHR mich dort nehmt", gestand ich. „Das wird sicherlich wehtun."

Luke lächelte, die Fältchen in seinen Augenwinkeln kringelten sich. „Danke, dass du uns deine Bedenken mitgeteilt hast", sagte er. Sie hatten das zuvor schon gesagt, als ob sie von meiner Ehrlichkeit begeistert wären. Er platzierte seine Ellbogen auf der Matratze und hielt ein kleines Objekt vor mir hoch. „Es würde definitiv wehtun, wenn wir deinen Hintern jetzt ficken würden. Unsere Schwänze sind groß und du bist nicht vorbereitet."

Ich starrte das seltsam geformte Holzstück verwundert an. Es sah aus wie ein Sockenstopfer, aber die Spitze war spitzer und es war kleiner. „Vorbereitet?" Walker hatte das Wort zuvor bereits erwähnt, aber er war mir immer noch eine Antwort schuldig.

Walkers Hand glitt wieder meinen Rücken hoch, dann runter. Sie hörte nicht am Ende meiner Wirbelsäule auf, sondern rutschte noch tiefer, um meinen Hintern zu umfassen.

Sein Daumen glitt in die Spalte dazwischen und strich über mein –

Ich keuchte.

„Dein Hintern, Kleines, muss für unsere Schwänze bereit sein. Du bist hier so eng, wir müssen dich zuerst öffnen."

Ich erschrak, als mich Walkers Daumen wieder dort berührte. Er strich federleicht über die empfindliche Haut.

„Schh", summte er. „Tut das weh?"

Ich schüttelte meinen Kopf an seiner Brust. Es tat nicht weh, sondern fühlte sich gut und angenehm an. Verrucht. Er verlagerte ein Bein, wodurch meine gespreizt wurden und er mich noch weiter für sich öffnete.

„Wir werden dir nicht wehtun. Wir werden dir nie wehtun. Nur Vergnügen."

„Aber – "

Luke setzte sich an die Bettseite. Er legte das hölzerne Objekt ab und glitt mit einer Hand unter Walkers zwischen meine Beine. Seine Finger streichelten über meine Falten, während Walker fortfuhr mich an dieser verbotenen Stelle zu berühren.

Meine Augen schlossen sich bei ihren erotischen Berührungen.

Während Walker weiterhin meinen Po leicht umkreiste, schob Luke einen Finger in meine Pussy.

„Ich kann meinen Samen fühlen", stöhnte Luke. „Ich bin hart, Celia, weil ich weiß, dass deine Pussy von mir markiert wurde und auch bald von Walker markiert sein wird."

Das Vergnügen, das Verlangen kam sofort. Meine Pussy war so sensitiv, dass mich Lukes Finger aufschreien ließ. Meine Hüften bewegten sich, wodurch Walkers Daumen härter gegen mein unerprobtes Loch drückte. Es tat nicht weh. Ganz im Gegenteil.

„Reite unsere Finger, Kleines. Reib deine Klitoris an mir. Ja, genau so."

Es war einfach, dem Verlangen nachzugeben, zu vergessen, dass ich nackt auf einem Mann lag, dessen Daumen sich beharrlich Zutritt in meinen jungfräulichen Hintern verschaffte,

Eine verrufene Frau

während ein anderer Finger meine gut benutzte Pussy fickte. Ich wollte kommen, wollte mich fühlen wie gestern Nacht. Daher bewegte ich meine Hüften, rieb das Nervenbündel, das Walker eine Klitoris genannt hatte, an der Decke. Die ganze Zeit über bewegten die Männer ihre Finger.

Walkers Daumen entfernte sich kurz, um über meinen Innenschenkel zu gleiten, dann kehrte er bedeckt mit meiner Erregung zurück. Dadurch war sein Finger glitschig und mein zarter Eingang öffnete sich für ihn, wenn auch nur ein bisschen, als er sanft dagegen drückte.

Ich schrie wegen der seltsamen Empfindung des Gedehntwerdens auf, aber es war nicht schlimm. Tatsächlich fühlte es sich richtig, richtig gut an. So gut, dass ich meine Hüften noch mehr bewegte, wodurch sein Daumen noch ein winziges Stückchen tiefer in mich glitt. Er bewegte ihn nicht, sondern hielt ihn ruhig, dehnte mich, erlaubte mir, mich an das Gefühl, dass dort etwas war, zu gewöhnen, selbst wenn es nur klein war.

Das veranlasste meine Hände dazu, Walkers harte Armmuskeln zu drücken, während ich meine Hüften hob und senkte und kreiste. Es war so warm in dem Zimmer, dass mir der Schweiß ausbrach. Ich wusste jetzt, wie es sich anfühlte zum Höhepunkt zu kommen und ich war so nah dran.

Walker flüsterte mir schmutzige Dinge ins Ohr, darüber dass er es nicht erwarten könne, meinen Hintern mit dem Stöpsel noch weiter zu öffnen. Luke wisperte etwas darüber, dass er es nicht erwarten könne, seinen Schwanz wieder in meine enge Hitze zu drücken.

Alles ballte sich zu hellem, heißen Verlangen zusammen und als Luke seinen Finger auf magische Weise krümmte, kam ich. Nichts konnte es zurückhalten. Nichts konnte meinen Lustschrei zurückhalten, während ich mich um sie zusammenzog, als ob mein Körper sie nicht gehen lassen, sondern sie stattdessen noch tiefer in sich haben wollte.

Walkers Daumen glitt zuerst aus mir, seine andere Hand streichelte meinen verschwitzten Rücken hoch und runter. Luke bewegte seinen Finger auf eine Weise, die meinem Körper auch noch das letzte bisschen Vergnügen entlockte. Erst dann zog er seinen Finger heraus. Ich stöhnte bei dem Verlust auf, da ich zwar seine Fingerfertigkeit genossen hatte, aber sie nicht genug gewesen war. Er war nicht lang oder dick genug. Ich brauchte seinen Schwanz.

„Luke", stöhnte ich, als er sich erhob und anfing, sich auszuziehen, begierig sich uns im Bett anzuschließen.

Ich beobachtete, wie er seinen Körper schnell entblößte. Er war schwerer gebaut als sein Bruder. Wohingegen Walker schlank war, war Lukes Gestalt muskulöser und fester. Seine Hüften waren schmal und ich nahm mir nicht einmal einen Moment, um seine Beine anzuschauen, da sein Schwanz direkt dort war. Er war dick und lang wie in meiner Erinnerung, aber die Farbe war bei Tageslicht dunkelrot und mir entging die dicke Vene, die an der Unterseite verlief nicht oder die klare Flüssigkeit, die aus der Spitze quoll.

„Fuck", hörte ich Walker murmeln, kurz bevor er mich so bewegte, dass ich auf meinem Rücken lag, den Kopf auf den Kissen. Er schob die Decke zurück und kletterte aus dem Bett, ohne zurückzuschauen. Mein Mund klappte auf, während ich beobachtete, wie er durch den Raum lief und mich verließ.

Luke nahm seinen Platz ein, kniete am Rand und dann über mir. Er stützte sich auf seine Unterarme, die er neben meinen Kopf platziert hatte, und umfasste mein Gesicht mit seinen Händen.

„Ich werde unsere Abreise vorbereiten." Walkers Stimme drang durch das Zimmer und ich hörte das Rascheln von Kleidern, dann seine bloßen Füße auf dem Holzboden, als er das Zimmer verließ.

Ich runzelte die Stirn, aber Lukes Daumen streichelte die Falte wieder weg. „Habe ich ihn nicht...zufrieden gestellt?"

Luke seufzte. „Er wird dich vor allem, das dir schaden könnte, beschützen, Celia. Aber er beschützt auch sein Herz."

Ich starrte Luke einfach nur an, während ich über seine Worte nachdachte. „Ich kenne euch beide weniger als einen Tag. Ist sein Herz in solcher Gefahr?"

Eine verrufene Frau

Luke brachte seine Hüften zwischen meine und sein harter Schwanz glitt über meine Falten, dann sank er in mich.

„Fuck, ja."

Ich schloss meine Augen, neigte meinen Kopf zurück und gab mich Luke hin. Ja, vielleicht hatte er recht. Ich hatte mich mit John nie so gefühlt und wir waren fünf Jahre verheiratet gewesen. Vielleicht war der Grund, warum ich über Walkers Abgang so besorgt war, dass ich mir um mein eigenes Herz, was ihn betraf, Sorgen machte.

Als Luke die Rückseite meiner Schenkel packte und mein Bein nach oben und zurück drückte, damit er tiefer in mich eindringen konnte, verließen alle Gedanken meinen Kopf.

―――

LUKE

„WAS ZUM TEUFEL STIMMT NICHT MIT DIR?", FRAGTE ICH WALKER.

Ich war hinter ihn getreten, hatte meine Hand auf seine Schulter gelegt und mich zu ihm gebeugt, damit nicht jeder in der Hotellobby meine verärgerte Frage hören konnte. Wenn irgendjemand in meine Richtung sah, würde er sicherlich erkennen, dass ich aufgebracht war, aber nicht wie wütend und frustriert ich mich wirklich fühlte. Er war ohne ein Wort oder einen Blick zurück von Celia weggelaufen. Er hatte seinen Daumen in ihrem Arsch gehabt, verdammt noch mal, und hatte sich danach nicht einmal um sie gekümmert.

Ich hatte sie nicht nur wegen Walkers Abgang trösten müssen, sondern ihr auch die Scham nehmen müssen, dass sie gekommen war, während mit ihrem Hintern gespielt worden war. Sie war im Bett definitiv abenteuerlustig, aber sie hatte wahrscheinlich noch nie zuvor Analspielchen in Erwägung gezogen. Nachdem ich sie noch einmal genommen hatte – es war eher sanftes Liebemachen als Ficken gewesen – hatte ich ihr den kleinsten Plug gezeigt und ihn ihr zum Halten gegeben. Wir konnten heute

Morgen nicht mehr tun, da wir die Stadt verlassen und es bis zum Einbruch der Dunkelheit nach Jasper schaffen mussten. Als ich ihr erzählt hatte, dass wir es erst später benutzen würden, war ihre Erleichterung fast greifbar gewesen. Sie war noch nicht bereit dafür. Zu sagen, dass wir überwältigend waren, war höchstwahrscheinlich eine gnadenlose Untertreibung.

Und dennoch hatte sie es mit Zurückhaltung und Zweifel angestarrt, aber auch mit Neugier. Das passte gut zu zwei dominanten Männern, die sie gleichzeitig nehmen wollten. Wenn sich doch nur einer der dominanten Männer nicht wie eine Pussy benehmen würde.

Das war der Grund, warum ich Walker auf die Straße zog, wo die Wahrscheinlichkeit, dass wir gehört wurden, geringer war. Wo mein Geschrei auf ihn in dem geschäftigen Treiben der Denver Street unterging.

Er erlaubte mir, das zu tun, denn auch wenn ich größer war, würde er mit Sicherheit nicht zulassen, dass ich– oder irgendein anderer – ihn herumschubste, wenn er das nicht wollte.

Als wir uns vom Eingang entfernt hatten, wirbelte er herum. Sein Gesicht bestand nur aus harten Linien, während er seinen Hut auf den Kopf setzte. Das Verlangen von vorhin war nicht mehr sichtbar.

„Ich habe keine Ahnung, wovon du sprichst."

Zwei Frauen liefen vorbei und Walker tippte sich an den Hut.

Ich wartete, bis sie weiter weg waren, bevor ich antwortete: „Du hattest eine nackte Frau auf dir liegen und bist gegangen."

Walkers Lippen wurden zu dünnen Strichen. „Ich hatte Celia nackt auf mir liegen."

„Worin zur Hölle liegt der Unterschied?" Ich versuchte, meine Stimme ruhig zu halten. „Sie denkt, sie hätte dich nicht zufriedengestellt."

„Fuck", fluchte Walker und trat mit dem Stiefel gegen den Boden. Er lief davon, drehte sich um, tigerte den Gehweg auf und ab. Sein abgehackter Atem kam in weißen Wölkchen, bevor er sich wieder vor mich stellte. Es war ein kalter Morgen, vor allem im Schatten des Gebäudes.

Er hatte seine eigenen Probleme, die von Ruths Tod

Eine verrufene Frau

stammten. Es war schrecklich gewesen und ich würde niemandem einen frühen, furchtbaren Tod wünschen, aber sie war nicht die richtige Frau für Walker gewesen. Er hatte sie nicht geliebt, obwohl ich bezweifelte, dass er das zugeben würde. Sie hatte…das Interesse eines Zwanzigjährigen auf sich gezogen und er hatte sie zu der Seinen gemacht. Aber es war keine passende Verbindung gewesen. Ich war mir nicht sicher, ob er sich schuldiger dafür fühlte, dass er von Celia sofort so begeistert war wie ich oder dass er für seine tote Frau nicht so empfunden hatte wie für Celia. Ich konnte sein Interesse an unserer neuen Frau sehen und es war nicht nur sein Schwanz, der sie wollte. Er hatte angenommen, dass er diese ungewöhnliche Ehe eingehen könnte und einfach nur eine Frau erhalten würde, die ihm sein Bett wärmen und seine Bedürfnisse befriedigen würde, aber er hatte sich geirrt. Vielleicht hatten wir das beide.

Celia war so viel mehr, als wir uns jemals vorgestellt hatten.

„Sie hat mich zufriedengestellt", sagte er schließlich.

„Zu sehr", riet ich. „Das ist das Problem, nicht wahr?"

Er nickte einmal knapp.

Ich beugte mich zu ihm und legte wieder meine Hand auf seine Schulter. „Wenn du in ihren Arsch willst, dann musst du erst mal deinen Kopf aus deinem ziehen."

Daraufhin grinste er und ich wusste, ich hatte ihn aus seiner Träumerei gerissen. Aber ich war noch nicht fertig.

„Ruth ist tot, Bruder."

Er seufzte bei meinen unverblümten Worten. „Ich weiß, aber ich werde mich nicht noch einmal so gefangen nehmen lassen."

„Gefangen? Du kannst jetzt vor Celia weglaufen. Geh einfach weiter", riet ich ihm. „Die Stadt kann andere Männer finden, um das neue Gesetz einzuführen. Ich werde sie einfach nur als meine Frau nach Slate Springs mitnehmen."

„Und zulassen, dass dich Thomkins im Büro auslacht?", fragte er. „Er wird dich deswegen angehen, er wird sagen, dass du das Gesetz zwar verabschiedet hast, aber dich selbst nicht darauf einlassen willst."

Thomkins war ein Arsch und er würde alles in seiner Macht

stehende tun, um sich mit mir anzulegen. So war es bereits, seit wir Kinder waren. Walker hatte mit seinen Beleidigungen schon immer viel besser umgehen können, als ich es jemals würde tun können. So war er einfach, aber er war auch nicht der Bürgermeister.

Ich beobachtete, wie eine Postkutsche fast einen Mann, der einen Wagen Kohlen über die Straße zog, umfuhr.

„Es geht hier nicht um mich oder Thomkins oder das dumme Gesetz und das weißt du. Ich will sie und ich werde sie behalten. Wenn du diese Verbindung nicht möchtest, dann ist das eben so, aber du musst derjenige sein, der es ihr mitteilt."

Auch wenn ich Celia lieber mit Walker teilen würde – es stand außer Frage, dass sie zu uns beiden passte und an uns beiden interessiert war – würde ich sie nicht aufgeben. Sie gehörte zu mir. Mein Bruder musste nur entscheiden, ob sie auch zu ihm gehörte. Wenn nicht, schuldete er ihr zumindest die Wahrheit.

Walker stieß meine Hand von seiner Schulter. „Und zulassen, dass du sie ganz für dich hast? Sie ist nicht Ruth. Ich weiß das. Fuck, als sie aus dem Zug gestiegen ist, hat es sich angefühlt, als hättest du mich in den Magen geboxt. Sie ist die Unsere, Luke. Keine Frage."

„Ich weiß, was du meinst."

Das tat ich. Die Verbindung, die Gewissheit waren sofort da gewesen. Als ich sie den Bahnsteig entlanglaufen hatte sehen, hatte ich es gewusst. Ich sehnte mich mit einer Heftigkeit nach ihr, die ich nicht erklären konnte, die ich mir in meinen kühnsten Träumen nicht hätte ausmalen können. Ich ging davon aus, dass es sich bei Walker ähnlich mächtig verhielt. Ansonsten wäre er nicht von ihr weggelaufen. Er empfand genug für sie, um zu gehen. Aber hoffentlich würde er sich dieser Beziehung auf einer noch tieferen Ebene verschreiben. Wir hingen da jetzt beide mit drin.

„Und dennoch bist du vor ihr weggelaufen", erinnerte ich ihn.

„Ich bin davor weggelaufen, wie...intensiv das alles ist."

Ich schlug ihm auf die Schulter. „Es ist unglaublich, wie

Eine verrufene Frau

perfekt sie für uns ist. Aber ich werde sie ganz für mich behalten", wiederholte ich. „Kein Problem."

Er schnaubte grimmig. „Auf keinen verdammten Fall."

Da grinste ich. Es ging hier nicht um das Gesetz. Es ging um uns. Wir wollten sie beide und wir würden sie beide behalten.

„Als du gegangen bist, hatte ich sie ganz für mich allein", sagte ich in dem Versuch, ihn zu reizen. Es funktionierte, denn er verzog seine Augen zu Schlitzen und deutete mit dem Finger auf mich. Ich hielt meine Hände vor mir hoch. „Du hattest sie ganz für dich, als ich in den 'Lucky Swan' gegangen bin."

Eine Sache, an die keiner von uns beiden während der drei Tage, in denen wir auf Celia gewartet hatten, gedacht hatte, war, wie wir sie darauf vorbereiten konnten, uns beide zur gleichen Zeit zu nehmen. Es war die ultimative Verbindung zwischen uns und die würden wir uns nicht nehmen lassen. Aber wir wollten Celia auch nicht wehtun. Letzte Nacht, als ich sie gefickt hatte, war mir klar geworden, dass wir keine Analplugs hatten, um sie vorzubereiten. Daher war ich bereits in der Morgendämmerung zu einem der Bordelle der Stadt gegangen, das ich in der Vergangenheit häufig aufgesucht hatte. Der Besitzer kannte mich und hatte mir nicht nur ein kleines Set unterschiedlich großer Plugs geschenkt, sondern mir auch zu meiner neuen Frau gratuliert.

Ich hatte dem Mann zwar nicht erzählt, dass sie auch zu Walker gehörte, aber das hätte ihn sowieso nicht weiter interessiert. In seinem Beruf hatte er alles gesehen. Ménage war für ihn regelrecht zahm.

„Bruder, es geht nicht nur ums Ficken", entgegnete er scharf.

Ich ließ meine Hände zu meinen Seiten fallen und warf meinem Bruder einen bedeutungsvollen Blick zu. „Genau."

Und da hatte ich ihn erwischt. Seine Augen weiteten sich, als es ihm bewusstwurde. In dieser Ehe ging es nicht nur ums Ficken, wie er es anfänglich gewollt hatte. Es ging darum, sich mit Celia vertraut zu machen, mit ihr zu reden, ihre Interessen zu entdecken, sie zu genießen, nicht nur ihren Körper. Sie war nicht nur eine Braut, eine gesichtslose Frau, die aus Texas gekommen war, um uns zu heiraten.

Walker grunzte und drehte sich um, ging zurück zum Hotel. Ich grinste und dachte an unsere Braut. Walker wurde zwar als der intensivere Bruder, der Grübler, angesehen, aber er hielt sich zurück. War vorsichtig und besorgt. Aber jetzt, da er seine Entscheidung getroffen hatte, fragte ich mich, ob unsere neue Frau mit der ganzen Wucht eines Walker Tate umgehen können würde. Das herauszufinden, würde amüsant werden.

9

elia

„So viele Kleider brauche ich nicht", erklärte ich den Männern, als sie mich aus einem Damenbekleidungsgeschäft eskortierten. Walkers Arme waren mit eingepackten Päckchen beladen. Luke hatte sich geweigert, mich aus dem Laden laufen zu lassen, bevor ich nicht vollständig neu eingekleidet war, vom Hut bis zu den Stiefeln. Jetzt da ich draußen auf der Straße stand, musste ich zugeben, dass die Kleider gut vor dem beißenden Wind schützten.

Während unseres Streifzuges durch den Laden war Walker in die Rolle des Schwagers geschlüpft, während Luke die Rolle meines neuen Ehemannes übernommen hatte. Ich verstand nur zu gut, dass es überall…überall außer in Slate Springs, Colorado, gegen das Gesetz war, zwei Männer zu heiraten. Ich wollte genauso wenig wie die Männer Aufmerksamkeit auf unsere ungewöhnliche Verbindung lenken.

Ich verarbeitete immer noch, was ich getan hatte. Guter Gott, ich hatte mit beiden eine wilde und sinnliche Nacht – und Morgen – verbracht. Luke hatte mich gefickt und ich war mit wilder Hemmungslosigkeit zum Höhepunkt gekommen. Erst heute Morgen hatte Walker seine Daumenkuppe in meinen Hintern gedrückt, während Luke mit seinen Fingern magische Dinge in meiner Pussy vollführt hatte. Und sie hatten es gemeinsam getan. Gemeinsam! Zwei Männer hatten mich angefasst.

Der einzige Zeitpunkt, an dem es sich im entferntesten Sinne wie eine konventionelle Ehe angefühlt hatte, war heute Morgen gewesen, als mich nur Luke genommen hatte, während ich auf meinem Rücken im Bett gelegen hatte.

Aber was war schon eine konventionelle Ehe? War meine Ehe mit John konventionell gewesen? Holten sich andere Ehemänner Geliebte in ihre Betten? Ich fragte mich, ob ich mit Luke und Walker nicht sogar großes Glück gehabt hatte. Ich war dreimal gekommen. In fünf Jahren hatte ich null Orgasmen mit John gehabt, weshalb ich wusste, dass das, was Luke, Walker und ich miteinander teilten…einzigartig war.

Die einzige Ähnlichkeit zu dem, was ich mit John getan hatte, war die Stellung. Vorhin war Luke auf mir gewesen, genauso wie John es immer gemacht hatte. Aber bei Luke war ich nackt und erregt und feucht gewesen und er hatte mich zum Höhepunkt gebracht. Wieder. Er hatte das erreicht, indem er an einer meiner Brustwarzen gesaugt hatte, während seine Finger über meine Klitoris geglitten waren. John hatte nie eines dieser Dinge getan. Ich war noch nie zuvor feucht geworden.

Ich liebte alles, was Luke und Walker taten. Jedes einzelne bisschen. Ich musste nur die Überzeugungen, die mir anerzogen worden waren, mit dem, was wir gemeinsam taten, unter einen Hut bringen. Ich sollte keusch und sittsam sein. Das war ich nicht. Ich sollte demütig und unterwürfig sein. Ich war nicht demütig, aber ich schien sogar noch unterwürfiger zu sein, als ich gedacht hatte. Ich hatte es geliebt, wie mich die Männer dominiert hatten. Meinen Geist, meinen Körper, mein Vergnügen.

Aber sie hatten mich weder gedrängt noch es eingefordert, obwohl sie mich mühelos hätten überwältigen können. John hatte Fügsamkeit erwartet, sowie die Duldung seiner männlichen Bedürfnisse. Ich hatte mich ihm nie verweigert,

Eine verrufene Frau

aber ich fragte mich, ob er mich auch genommen hätte, wenn ich es ihm untersagt hätte.

Walker und Luke hatten zuerst gefragt, hatten meine Zustimmung eingeholt, bevor sie mich auch nur geküsst hatten. Sie waren ehrenhaft. Aber würde ein ehrenhafter Mann wirklich meinen Hintern ficken wollen? Und Walker schien wegen irgendetwas Zweifel zu hegen. Nicht über mich, aber vielleicht hatte er einige Probleme, weil er schon mal verheiratet gewesen war. War das der Grund, warum er mich zurückgewiesen hatte? War es zu viel für ihn gewesen, mit meinem Hintern zu spielen? War ich zu viel?

Ich musste davon ausgehen, dass die Antwort Ja lautete, aber –

„Du hast selbst gesagt, dass du keine Winterkleidung hast. Nicht einmal einen Mantel oder Handschuhe. Deine Kleider sind aus Baumwolle, nicht aus Wolle. Selbst deine Strümpfe sind für warmes Wetter gemacht", zählte Luke auf. „Auch wenn es im Laden in Slate Springs vorgefertigte Kleider gibt, ist es besser, gut ausgestattet in den langen Winter zu gehen."

Er legte meine Hand in seine Armbeuge, während wir die Straße entlangschlenderten. Mein neuer Mantel, der einen hübschen Blauton hatte, war dick und schwer. Die Handschuhe waren mit Hasenfell gefüttert. Aber nichts hielt mich so warm, wie das Gefühl von Luke an meiner Seite, der anscheinend selbst beim kältesten Wetter warm war. Ich nahm an, dass es sich bei Walker genauso verhielt, aber er lief aus Gründen des Anstands zwei Schritte hinter uns.

„Der Mietsstall ist nur einen Block entfernt von hier. Meinst du, du kannst so weit laufen, damit wir unsere Pferde holen können?", erkundigte sich Luke.

Sie hatten mir erzählt, dass wir mit Pferden nach Slate Springs reiten und in einer Stadt namens Jasper für die Nacht pausieren würden. Ich hatte noch nie von der Stadt gehört, aber beide Männer hatten mir versichert, dass wir eine angenehme Nacht verbringen würden. Nach dem Blick in ihren Augen zu schließen, ging ich davon aus, dass sie mit angenehm vergnüglich meinten. Meine Pussy, die ein wenig wund und definitiv empfindlich war, zog sich bei der Vorstellung, wieder zwischen ihnen zu sein, zusammen.

Ich wollte gerade mit einem einfachen Ja antworten, als ich jemanden sah und ich stoppe, als ob meine Füße am Boden festgefroren wären. Mein Herz setzte einen Schlag aus, als ich über die geschäftige Durchgangsstraße blickte und Carl Norman entdeckte. Er war von durchschnittlicher Größe, hatte dunkle Haare und ebenso dunkle Augen und konnte mühelos zwischen den Leuten, die auf dem Gehweg entlangliefen, untertauchen. Aber seine gebräunte Haut unterschied ihn von allen anderen. Obwohl die Sonne in Colorado hell war, übermäßig hell sogar, hatte niemand, der an uns vorbeiging, Haut in der Farbe von Karamell, die auf ein Leben in einem wärmeren Klima hinwies.

Luke hatte mein abruptes Anhalten nicht erwartet und lief weiter, wobei er mich einen Schritt mit sich zog. Walker legte seine Arme auf meine Schultern, um nicht in mich zu laufen.

„Was ist los, Kleines?", fragte er und drehte seinen Kopf in die Richtung, in die ich sah.

Ich starrte intensiv über die Straße, Carls Augen lagen direkt auf mir. Oh Gott, er hatte mich gefunden. All meine Ängste waren nicht unbegründet gewesen. Er war hier und beobachtete mich.

Sein Mundwinkel verzog sich zu einem boshaften Grinsen nach oben. Ich keuchte, dann presste ich meine Lippen aufeinander. Ich hatte keinem der Männer von Carl erzählt, dass er mich tot sehen wollte und sogar gedroht hatte, mich für das, was ich seinem Bruder angetan hatte, zu töten. Ich hatte ihm stotternd versichert, dass ich nichts getan hatte, als er mich in der Gasse in die Enge getrieben hatte. Ich hatte nicht den Abzug betätigt, der zwei Menschen getötet hatte. Aber Carl hatte es nicht so gesehen und suchte nach Rache. Suchte nach Rache bei der einzigen Zeugin des Verbrechens seines Bruders, die bei seiner Verurteilung und letztendlich seiner Hinrichtung geholfen hatte.

„Kleines?", wiederholte Walker und ich sah über meine Schulter zu ihm.

Eine verrufene Frau

Er schaute über die Straße – Gott, ich hoffte, dass er Carl nicht bemerkt hatte – dann blickte er auf mich hinab und musterte mein Gesicht.

Meine Augen huschten zu der Stelle, wo Carl gewesen war, aber er war verschwunden. Ich schaute den Gehweg auf der anderen Straßenseite hoch und runter, aber er war nirgends zu sehen.

War er wirklich da gewesen? Hatten mir meine Gedanken einen Streich gespielt? Hatte ich so große Angst davor, dass er mir folgte, dass ich sein Gesicht in Fremden wiederentdeckte?

„Was ist los, Celia?", fragte Luke. „Du siehst aus, als hättest du ein Gespenst gesehen."

Sollte ich es ihnen erzählen? Sollte ich ihnen verraten, dass möglicherweise ein verrückter Mann hinter ihrer Frau her war? Würden sie mir überhaupt glauben? Würden sie ihre Meinung über mich ändern und mich hier in Denver zurücklassen? Ich wäre lieber oben in Slate Springs hinter einem verschneiten Pass, aber das würde nur geschehen, wenn sie mich auch mitnahmen. Ich könnte ihnen die Wahrheit erzählen, aber später, wenn ich mir sicher war, dass Carl mich nicht erreichen konnte.

Ein Gespenst? Ja, Carl Norman war ein Gespenst und ich hatte keine Ahnung, wie ich ihn zum Verschwinden bringen konnte.

Ich holte tief Luft, stieß sie aus, dann lächelte ich, wenn auch schwach. „Nichts. Ich dachte, ich hätte ein bekanntes Gesicht gesehen, aber das kann nicht sein. Ich kenne hier in Denver nur euch beide."

Die Männer schienen sich dessen nicht so sicher zu sein und betrachteten die Leute auf dem Gehweg für einige weitere Sekunden.

„Sollten wir nicht gehen, damit wir es noch vor der Dunkelheit nach Jasper schaffen?", fragte ich in der Hoffnung, sie so wieder in Bewegung zu setzen. Ein Schauder lief mir über den Rücken und das nicht wegen der Kälte. Je eher wir Denver hinter uns ließen, desto besser.

Luke tätschelte meine Hand in seiner Armbeuge und wir

liefen weiter. Dieses Mal lief Walker neben mir, sodass ich von zwei einschüchternden Männern flankiert wurde. Ihre Größe und Schutz beruhigten mich, aber ich bezweifelte, dass sie Carl von mir fernhalten würden.

Walker

Wir ritten zwei Stunden nach Einbruch der Dunkelheit in Jasper ein. Es schneite, weshalb der Weg hell vor uns lag, aber ich war bereit, aus der Kälte zu kommen und ins Bett mit unserer Frau. Sie war für den Großteil der Reise allein geritten, aber die letzten Meilen war sie immer schwächer geworden – nicht, dass sie sich beschwert hätte – und Luke hatte sie dazu überredet, mit ihm zu reiten. Er hatte sie auf seinem Schoß festgehalten und ihr Pferd an meines gebunden. Ich war ganz schön eifersüchtig, dass er sie halten konnte, aber ich war auch froh um die Distanz, weil ich sie wie einen Zeugen vor Gericht befragt hätte, wenn sie auf meinem Schoß gesessen hätte. Da ich mich jetzt bezüglich unserer Ehe festgelegt hatte, wollte ich nun unbedingt erfahren, wer der Mann auf der Straße gewesen war. Ich war besitzergreifend und beschützend und ich musste es wissen, aber vorerst musste ich warten. Zumindest bis uns allen wieder warm war und wir gegessen hatten.

Sie hatte den Mann, wer auch immer er war, gekannt. Wir hatten sie seit ihrer Ankunft am Bahnhof in Denver im Auge behalten und sehr gut beschäftigt. Also hatte sie ihn nicht in der Stadt sehen können. Das bedeutete, dass sie ihn vor ihrer Ankunft kennengelernt hatte. Hatte er sie im Zug belästigt oder war er jemand, den sie aus Texas kannte? Ihre Reaktion, gleichermaßen schockiert und verängstigt, war offensichtlich für mich gewesen, obwohl sie sie gut verborgen hatte. Das bedeutete zwei Dinge. Sie hatte nicht erwartet, den Mann zu sehen und sie wollte, dass er ein Geheimnis blieb.

Auf der Straße hatte ich Luke noch einen Blick zugeworfen,

Eine verrufene Frau

aber er hatte den Mann nicht gesehen. Sein Blick war auf Celia fokussiert gewesen. Der Fremde war schnell verschwunden, als ob er, wie Luke gemeint hatte, ein Gespenst wäre. Er war kein Gespenst. Ich hatte das Grinsen des Mannes gesehen, den brennenden Zorn in seinem Blick, der ohne Frage direkt auf Celia gerichtet gewesen war. Warum? Und wer zur Hölle war er?

Wir würden es schon bald erfahren, denn so einem Mann, dessen Wut auf meine Frau gerichtet war, musste Einhalt geboten werden. Auch wenn ich keine Frau hatte nehmen wollen – vor allem nicht wegen eines neuen Stadtgesetzes – hatte ich nachgegeben, weil ich nichts gegen die Vorstellung gehabt hatte, dass wieder eine Frau mein Bett wärmen würde. Aber Luke hatte mir den Kopf zurechtgerückt, als ich aus dem Bett einer willigen Frau gestiegen war. Aus Celias Bett. Zur Hölle, ich hatte sie mit meinem Daumen in Analspielchen eingeführt. Ich war ein Arschloch und ein Idiot, aber ich hatte so verdammt große Angst bekommen und war panisch geworden.

Aus welchem anderen Grund würde ein Mann sonst aus dem Bett klettern, das er mit einer nackten und gut befriedigten Frau teilte?

Ich hatte Ruth geheiratet, als wir beide noch sehr jung gewesen waren. Ich hatte meine damaligen Gefühle für Liebe gehalten, aber auf meiner Seite war es lediglich jugendliche Geilheit gewesen. Sie war wunderschön gewesen und ich hatte sie in meinem Bett haben wollen. Ruth hatte ihr konservatives und strenges Elternhaus verlassen wollen. Also hatte ich sie zu der Meinen gemacht und als ich sie genau da hatte, wo ich sie wollte – unter mir – war sie…desinteressiert gewesen. Ich hatte ihr den Spaß, den man beim Liebesakt haben konnte, zeigen wollen, sogar einige ungewöhnliche Aspekte des Aktes, aber sie hatte alles bekommen, was sie gewollt hatte. Flucht. Unsere Verbindung war zu einer faden und leeren Ehe verkommen und ich hatte mir geschworen, dass ich so etwas nie wieder durchmachen würde. Mich lebenslang an eine Frau zu binden, an eine Frau, die mich von der Liebe abhielt.

Daher war es einfach für mich gewesen, der polyamorösen

Ehe mit Luke zuzustimmen. Mein Plan war, Luke dafür sorgen zu lassen, die Frau glücklich zu machen, während ich einfach nur die...Vorteile der Verbindung genoss. Aber sie war aus diesem Zug gestiegen und hatte jede Wand, jeden Verteidigungsmechanismus, den ich hatte, zerstört. Ein kleines Lächeln, ein überraschter Gesichtsausdruck, als unsere Berührungen ihr Vergnügen bereitet hatten und ich hatte keine Chance mehr gegen Celia. Ich war heute Morgen weggelaufen, nicht weil ich sie nicht wollte, sondern weil ich sie zu sehr wollte. Ich würde es nicht noch einmal tun.

Ich war verdammt dämlich gewesen und ich würde es wieder gut machen. Ich würde ihr alles geben.

Was Celia anbelangte, so war sie zwar offen und leidenschaftlich, wenn wir sie berührten, aber sie musste noch lernen, dass wir ihre Ehemänner waren und es keine Geheimnisse in unserer Ehe geben würde. Sie würde vor uns nichts geheim halten. Wir würden sie unter allen Umständen beschützen. Wer auch immer dieser Mann war, er würde sie nicht einmal mehr komisch anschauen. Aber damit wir ihr helfen konnten, musste sie reden. Ich war gewillt, alles zu tun, was nötig war, damit sie sich uns öffnete. Auch wenn das bedeutete, sie über mein Knie zu legen und ihr den Hintern zu versohlen, bis sie es uns verriet.

10

alker

Wir ritten zum Haus unseres Freundes Lane Haskins. In den Fenstern im Erdgeschoss verströmten Laternen ein weiches Licht. Der Mann selbst trat auf die Veranda und zog sich den Hut tief in die Stirn. Den Kragen seines Mantels hochschlagend, kam er die Stufen hinunter, um uns zu begrüßen.

Luke reichte Celia von seinem Schoß hinab und Lane half ihr. Anschließend stieg Luke vom Pferd, stellte sich neben sie und unsere Braut vor.

Lane antwortete mit einem schlichten Antippen seines Hutes. „Ma'am."

Nachdem ich von meinem Pferd gestiegen war, gesellte ich mich zu ihnen.

„Celia, das ist Lane Haskins, ein alter Freund", stellte Luke ihn vor.

Wir kannten Lane seit über zehn Jahren. Da er in Jasper eine Mine besaß, hatten er und Luke den gleichen Beruf und bewegten sich in den selben Kreisen. Er hatte Luke sogar einen Winter lang beherbergt, als er in Jasper festsaß, nachdem der Pass geschlossen worden war. Auch wenn seine Mine viel kleiner war als Lukes, war sie äußerst gewinnbringend. Sein Haus lag am Stadtrand, die Berge begannen direkt an seiner Hintertür. Sein Haus war für einen Junggesellen sehr groß, aber er hatte es mit dem Gedanken an eine Familie gebaut. Allerdings musste er erst noch die richtige Frau finden. In der Zwischenzeit übernachteten wir bei ihm, wann immer wir durch Jasper kamen, wobei wir ihm oft Vorräte aus Denver mitbrachten. Jedoch nicht auf dieser Reise.

Heute Nacht brachten wir nur unsere Frau mit.

„Ein Eintopf steht auf dem Herd, damit er warm bleibt."

Eintopf klang für meinen leeren Magen perfekt.

„Wirst du dich uns nicht anschließen?", fragte ich.

Lane schüttelte den Kopf. „Ich habe schon gegessen, aber wollte noch eure neue Frau kennenlernen, bevor ich gehe."

„Sie bleiben nicht?", fragte Celia.

„Nein, Ma'am", antwortete er mit einem Lächeln. „Es ist das Beste, Frischvermählten Zeit für sich zu geben. Machen Sie sich keine Sorgen um mich. Mir wird heute Nacht nicht kalt werden."

Er würde zweifelsohne die Nacht im Bett seiner Geliebten verbringen und ihm würde ziemlich warm sein.

Es war zu dunkel, als dass ich sehen könnte, ob Celia peinlich berührt errötete, aber ich konnte mir ihre Gedanken vorstellen. Natürlich würden wir sie heute Nacht ficken. Zur Hölle, wir würden sie jede Nacht…und Morgen ficken.

„Sie müssen völlig durchgefroren sein. Gehen Sie nur hinein in die gute Stube und wärmen sich auf", forderte er Celia auf.

Sie warf einen Blick zu Luke, der nickte.

„Dankeschön", antwortete sie. Wir beobachteten alle drei, wie sie nach drinnen ging.

„Ich werde mich um eure Pferde kümmern und mich dann auf den Weg machen."

„Du warst schon mehr als großzügig. Ich kümmer mich um sie", sagte Luke, schnappte sich die Zügel und lief um die Hausseite zum Stall.

Lane schlug mir auf den Rücken, wobei er mir den Schnee vom Mantel klopfte.

Eine verrufene Frau

„Sie ist reizend, Walker."

Lane war nur einige Jahre älter als Luke und ich, befand sich daher noch in seinen besten Jahren und konzentrierte sich auf seinen Beruf anstatt auf eine Braut. Die Mine brachte Geld ein, aber keine Frau in sein Bett oder Kinder ins Kinderzimmer. Bis jetzt hatte es Lane nicht gestört.

Ich sah zur geschlossenen Eingangstür. „Das ist sie. Wir sind…glücklich."

„Wenn man so eine Frau als Versandbraut bekommt, sollte ich vielleicht auch einen Brief einschicken."

Vielleicht war er doch geneigter eine Frau zu finden, als ich gedacht hatte. Wir waren mit ihm zuvor schon mal in einem Bordell in Jasper gewesen und wussten, dass er einige unkonventionelle Bedürfnisse hatte. Als wir ihm von unserer Ehe erzählt hatten und dass wir gemeinsam eine Braut teilen würden, hatte er keine Mine verzogen und war sogar eher von der Idee angetan gewesen. Er hatte uns Whiskey eingeschenkt, um auf unsere neue Frau anzustoßen und war fast so begierig wie wir gewesen, sie kennenzulernen.

Da grinste ich. „Vielleicht solltest du das tun. Danke, dass wir das Haus heute Nacht haben dürfen."

„Ich komme morgen nach dem Frühstück zurück. Lil wird mich bis dahin beschäftigen." Er zwinkerte.

„Ich hasse den Gedanken, dass wir dich aus deinem eigenen Haus geworfen haben", sagte ich.

Mit erhobener Hand fuhr er fort: „Bitte. Ich will nicht der Einzige sein, dem keine Frau das Bett wärmt. Außerdem braucht ihr mich nicht in der Nähe, wenn ihr erst gestern geheiratet habt."

„Wahrscheinlich ist es zum Besten", stimmte ich zu. „Irgendwelche Probleme folgen ihr und ich habe vor ihr die Geschichte, die da hinter steckt, zu entlocken."

„Du meinst von ihrem Hintern", konterte Lane.

Ich zuckte mit den Achseln, wodurch Schnee von meinem Mantel fiel. „Falls es nötig ist, um herauszufinden, wer der Mistkerl war, der sie in Denver gemustert hat. Sie kennt ihn, aber erzählt es uns nicht. Falls nötig, werde ich ihr den Hintern versohlen. Wir sind jetzt für ihre Sicherheit verantwortlich. Ich werde nicht zulassen, dass ihr Schaden zugefügt wird."

„Ich dachte, du wärst nicht allzu begeistert von dieser Ehe."

Das hatte ich ihm auf unserem Weg nach Denver letzte Woche anvertraut. In nur wenigen Tagen hatte sich so viel geändert. So viel hatte sich verändert, seit Luke mir meine Dummheit an den Kopf geworfen hatte. „Das stimmt. Das war ich nicht. Aber jetzt, jetzt bin ich mit ganzem Herzen dabei."

Lanes Augen weiteten sich. „Whoa", meinte er. „Dich hat's schwer erwischt, oder?"

Ich schüttelte meinen Kopf, lachte. „Schwer. Ich habe schon von sofortiger Anziehungskraft gehört, aber dies…zur Hölle, wenn es mir passieren kann, dann kann es auch dir passieren. Also sei vorsichtig."

Lane gluckste definitiv auf meine Kosten und hielt seine Hände hoch. „Ich bin gewarnt worden. Es ist schön, zu sehen, dass du auch hundertprozentig hinter dieser Ehe stehst."

„Ruth ist jetzt seit einer Weile tot", sagte ich und mein Lächeln verblasste. Ich fühlte mich leichter, als ich es laut aussprach und die Schuld über unsere gescheiterte Ehe ziehen ließ. „Es ist endlich an der Zeit, weiterzugehen."

Lane schlug mir auf die Schulter. „Gut für dich. Wenn ihr Hilfe dabei braucht, das Problem aufzuspüren, lasst es mich wissen."

„Werden wir und vielen Dank." Ich tippte mir an den Hut und Lane lief davon zur Stadt und seiner Geliebten.

Ich sah wieder zur Eingangstür und dachte an Celia. Ich hatte keine Ahnung, welche Art von Ärger ihr folgte, da Luke und ich sie kaum kannten. Aber wegen der Anziehungskraft zwischen uns und dem Verlangen, der absoluten Gewissheit, dass sie die Richtige für uns war, war es egal. Die Probleme, die ihr folgten, waren etwas, was wir lösen und verschwinden lassen konnten. Der Rest, der würde für immer bleiben.

Aber sie hielt sich zurück und ich konnte keine Ehe führen, in der meine Frau nicht alles offenbarte. Ich würde es für Celia tun. Das Geheimnis würde gelüftet werden…heute Nacht.

CELIA

Lanes Haus war beeindruckend. Es war zwar einfach, aber groß, größer als es für einen Junggesellen nötig war. Vom Eingangsbereich, neben dem ein langer Flur lag, führte direkt eine Treppe weg. Der Duft von Brot und Fleisch füllte das Haus. Ich zog meinen Mantel aus, während ich in die Zimmer links und rechts spähte, aber beide waren dunkel. Nur in einem flackerte ein Feuer im Ofen, aber der Feuerschein reichte lediglich aus, um mir zu zeigen, dass es sich um eine Art Büro handelte. Bücher säumten die Wände und ein großer Schreibtisch stand in der Mitte.

Ich hängte meinen Mantel neben der Tür auf und trug meinen Hut und Handschuhe in die Küche. Das Zimmer wurde von einer großen Laterne über einem abgenutzten Tisch erleuchtet. Ein Eisenofen stand in der Ecke und wärmte das Zimmer. Ich setzte mich auf die kleine Bank daneben, zog meine Stiefel aus und stellte sie zusammen mit meiner äußeren Kleidungsschicht neben das Feuer zum Trocknen.

Nachdem ich das erledigt hatte, ging ich zum Ofen und hob den Deckel eines großen Topfes an, der auf einem Herd stand. Der Eintopf bestand aus Wurzelgemüse und dicken Fleischstücken. Mein Magen knurrte hungrig.

„Riecht fantastisch."

Walkers Stimme ließ mich einen Satz machen und ich legte den Deckel wieder auf den Topf.

Er setzte sich auf die Bank und zog wie ich seine Stiefel aus. Er hatte heute Morgen auf eine Krawatte verzichtet und trug nur ein weißes Hemd zu seinen Jeans. Sein Mantel hing wahrscheinlich neben meinem in der Eingangshalle. „Wir werden in Kürze essen. Zuerst müssen wir uns um deine Bestrafung kümmern."

Obwohl er nach vorne gebeugt war und er seine

Schnürsenkel öffnete, lagen seine Augen allein auf mir. Ich runzelte leicht die Stirn.

„Bestrafung?" Mein Mund war trocken und ich leckte über meine Lippen.

Er erhob sich und stellte seine Stiefel neben meine. Noch vor einigen Sekunden hatte die Küche noch so groß gewirkt, aber jetzt mit Walker darin schienen die Wände immer näher zu rücken.

„Weil du gelogen hast."

Ich hob einige gefaltete Servietten hoch und lief um den Tisch, um für die Mahlzeit einzudecken. „Ich habe nicht, ich meine – "

„Wer ist der Mann, Kleines?" Er verschränkte die Arme vor der Brust.

Ich stoppte bei seinen Worten. Genauso wie mein Herz. Er wusste sicherlich nichts von Carl. Das konnte er nicht. „Mann?"

„Das sind zwei."

„Zwei?", quiekte ich.

„Zwei Bestrafungen."

„Walker, ich weiß nicht – "

„Willst du, dass es drei werden?", wollte er wissen und hob eine Braue. So wie er mit vor der Brust verschränkten Armen an der Wand lehnte, so geduldig und locker, wirkte es, als hätte er alle Zeit der Welt.

Ich sah zurück zur Hintertür und fragte mich, wo Luke war und ob Lane zurückkehren würde.

„Erzähl mir von dem Mann auf der Straße in Denver."

Meine Schultern sackten in sich zusammen und ich sah zu Boden. „Du hast ihn gesehen." Ich formulierte es nicht als Frage, weil er nicht nach ihm gefragt hätte, hätte er ihn nicht gesehen.

„Wer ist er?"

„Niemand."

Ich hatte keine Zeit, um mehr als ein kurzes überraschtes Keuchen von mir zu geben, bevor ich in Walkers Arme gezogen wurde. Als er in einem der Küchenstühle saß, legte er mich über seinen Schoß. Meine Hände legten sich auf den Holzboden, um das Gleichgewicht zu wahren, als er mich nach vorne schob und

Eine verrufene Frau

meine Zehen den Boden kaum berührten. Dadurch ragte mein Po geradewegs in die Höhe.

„Walker!", schrie ich. „Was machst du da?"

Ich spürte, wie der Saum meines Kleides über meine Beine nach oben geschoben wurde, immer höher, bis er um meine Taille gerafft war. Ich hörte das Klatschen seiner Hand auf meinem Hintern, kurz bevor ich es fühlte. Ich versteifte mich und zappelte auf seinem Schoß.

„Nein!"

„Du entscheidest, wie lange dir der Hintern versohlt wird, Kleines. Erzähl mir von dem Mann in Denver und wir sind fertig."

Ein fester Ruck an meinem Höschen und das Band riss und Walker schob es meine Schenkel hinab. „Ich bestrafe auf dem nackten Hintern, Kleines."

Klatsch.

Klatsch.

Klatsch.

„Ich bin zu alt, um den Hintern versohlt zu bekommen!", schrie ich.

Walker ließ nicht nach, sondern haute mir beständig auf den Hintern, wobei seine Handfläche auf verschiedenen Stellen meines Pos und meiner Oberschenkel landete. „Du bist auch zu alt für Lügen."

Ich zuckte zusammen, als er auf die Stelle schlug, wo mein Hintern in meine Schenkel überging. Eine empfindliche Stelle, ich schrie auf. Er würde nicht aufhören. Ich dachte an Carl Norman und wie er mein Leben in Texas zur Hölle gemacht hatte und mir dann gefolgt war. Er würde nicht einfach verschwinden. Er war derjenige, der mir folgte, mich belästigte und ich war diejenige, der der Hintern versohlt wurde. Das war ungerecht. Einfach alles. Da schrie ich auf, denn der Schmerz war genug, um mich über die unsichtbare Schwelle zu stoßen.

Tränen rannen über meine Wange, während Walker weitermachte.

„Was zur Hölle?" Lukes Stimme hallte durch die Küche. Ich spürte die kalte Luft, die hinter ihm hereinkam, kurz bevor er die Hintertür schloss. Er stampfte seine Füße auf der Matte ab, die dort lag, und ich konnte von meiner nach unten gewandten Position seine Stiefel und Unterschenkel sehen.

Klatsch.

Klatsch.

„Celia war ein böses Mädchen und hat uns angelogen."

In seinem Ton schwang Enttäuschung mit und das sorgte dafür, dass meine Tränen sogar noch schneller flossen.

„Es tut mir leid", murmelte ich.

Langsam stellte mich Walker auf meine Füße und hielt meine Hüften fest, während ich mich fing. Da er saß, hatten wir die gleiche Höhe und ich sah in seine dunklen Augen. In ihnen schwammen unendliche Geduld, aber auch Sorge.

„Wir sind sehr besitzergreifend und ich werde nicht zulassen, dass dir ein Mann folgt und dich so beobachtet."

Ich würde nicht entkommen können. Die Wahrheit musste ans Tageslicht kommen. Ich würde nicht länger fliehen, zumindest nicht vor meinen Ehemännern.

„Sein Name ist Carl Norman."

Walkers Hand hob sich und er wischte die Tränen mit dem Daumen von meiner Wange. „Das war doch nicht so schwer, oder? Warum war er auf der Straße in Denver und hat dich beobachtet?"

Sein Mundwinkel hob sich.

Luke ging um den Tisch, sodass er mich sehen konnte. „Wer zur Hölle ist Carl Norman? Ein Liebhaber?"

Mein Blick traf und hielt Lukes. „Nein! Natürlich nicht. Die Vorstellung, dass mich dieser Mann berührt, bereitet mir Übelkeit."

Walker zog mich an sich, sodass ich zwischen seinen gespreizten Knien stand. „Hat er dich schon mal angefasst? Dir wehgetan?" Seine Stimme war nur noch ein düsteres Grollen.

Ich schüttelte meinen Kopf und biss auf meine Lippe. „Nein. So ist es nicht."

„Erkläre. Jetzt. Oder ich lege dich über mein Knie", warnte mich Luke.

„Ich habe euch doch erzählt, dass mein Ehemann erschossen

wurde. Dass er mit seiner Geliebten im Bett war. Der Ehemann der Frau hat sie zusammen gefunden und beide getötet." Ich erinnerte mich an das, was passiert war und erschauderte. „Was ich euch nicht erzählt habe, ist, dass ich das Ganze gesehen habe."

11

elia

Keiner der Männer sprach, aber Walker drückte meine Taille, um mich zum Weitererzählen zu bewegen.

Ich zog die Nase hoch und fuhr dann fort: „Ich kam ins Haus, als sie…fickten und ging ins Zimmer nebenan. Ich spähte durch die leicht geöffnete Tür und beobachtete sie. Ich war verblüfft meinen Mann so eifrig, so wild im Bett zu sehen. Mit mir war er nie so. Aber dann stürmte der Mann der Frau ins Haus, die Treppe hoch und erschoss sie. Er wusste nicht, dass ich dort war. Da ich die einzige Zeugin des Verbrechens war, besiegelte meine Aussage sein Schicksal. Er wurde kurz darauf gehängt."

„Wenn er gehängt wurde, wer zur Hölle folgt dir dann?", fragte Luke.

Ich merkte schon, dass er nicht so geduldig war wie sein Bruder.

„Sein Bruder. Carl Norman gibt mir die Schuld am Tod seines Bruders. Er meint, ich hätte eine bessere Ehefrau sein und John zufriedenstellen müssen. Wenn ich das getan hätte, dann wäre er nicht fremdgegangen."

„Deswegen warst du mit uns so nervös", meinte Walker.

Ich nickte und sah dann auf den Boden. „Ich wusste, dass John wirklich gerne fickte und dennoch hat er immer nur mein Nachthemd hochgeschoben und…und mich in der Nacht genommen. Es war schnell und ich mochte es nicht. Ich empfand kein Vergnügen dabei und als ich ihm kein Kind gebar, gab er vollständig auf. Aber er machte Dinge mit seiner Geliebten, die…Gott, die ich mit ihm getan hätte. Aber ich hatte ihn nicht befriedigt. Irgendetwas stimmt nicht mit mir, denn ich habe ihn nicht glücklich gemacht und er ist fremdgegangen."

„Stopp." Dieses eine Wort von Walker unterbrach meinen frustrierten Wortschwall. „Mit dir ist alles in Ordnung. Wenn dein Ehemann nicht schon tot wäre, dann würde ich ihn jetzt selbst töten, weil er dich dazu gebracht hat, so zu denken."

„Verdammt richtig. Wir werden später darüber reden, glaub mir. Fürs Erste reden wir über diesen Dreckskerl Norman. Warum ist er in Denver?"

Ich legte meine Hand auf Walkers Schulter, spürte die harten Muskeln unter meinen Fingern. „Er hat mich bedroht. In Texas. Er hat mich an der Kehle gepackt und gesagt, er würde mich töten. Er wollte Rache für das, was ich seinem Bruder angetan hatte."

„Also bist du geflohen."

Ich nickte. „Ja. Ich hatte kein Geld, um allein losziehen zu können, also meldete ich mich als Versandbraut."

„Und er ist dir gefolgt", fügte Walker hinzu.

„Ja. Er ist verrückt. Ich glaube nicht, dass er uns bis hierher nach Jasper gefolgt ist, aber ich habe keine Ahnung. Ich war so begeistert über die Nachricht, dass Slate Springs eingeschneit wird und er mich nicht erreichen könnte. Ich will einfach nur an einen Ort, wo er mich nicht verletzen kann."

„Wir müssen nicht in Slate Springs sein, damit du in Sicherheit bist. Er wird dir nicht wehtun, Kleines. Darum musst du dir keine Sorgen machen. Warum hast du uns nichts davon erzählt?"

Ich sah zu den beiden Männern. „Weil ich euch nicht kenne – kannte – und ich mir nicht sicher war, ob ihr mit ihm darin übereinstimmen würdet, dass ich diejenige war, die John zum

Eine verrufene Frau

Fremdgehen getrieben hat und schuld daran ist, dass er getötet wurde."

„Ich sollte dich für diesen lächerlichen Gedanken wieder übers Knie legen."

Meine Hände gingen zu meinem Hintern und ich rieb das brennende Fleisch. Beide Männer glucksten.

„Dieses Problem, Kleines. Dieser Carl Norman, er ist jetzt unser Problem. Er will unserer Frau schaden und wir werden uns darum kümmern. Alles klar?"

Ich sah mit Hoffnung in den Augen zu Walker. Ich hatte es ihnen erzählt und sie waren nicht davongerannt. Ich hatte es ihnen erzählt und sie sagten, sie würden sich um Carl kümmern. Um mich. Ich fühlte mich besser, besser als ich mich jemals gefühlt hatte. Ich war nicht allein.

Ich nickte und wischte mir eine weitere Träne aus dem Augenwinkel. „Ja."

„Gut. Erzähl mir etwas, Kleines. Hat es dir gefallen, den Hintern versohlt zu bekommen?", fragte Walker.

„Nein!", erwiderte ich sofort. „Natürlich nicht."

Er wölbte eine dunkle Braue. „Wirklich? Gestern Nacht hast du erzählt, dass du gefesselt und genommen werden willst. Dass du wilde Hingabe willst."

Ich errötete, da mir einfiel, dass ich wirklich genau diese Worte benutzt hatte. Ich war beeindruckt, dass mir Walker so genau zugehört hatte.

„Ja, aber nicht so."

Luke trat um den Tisch und Walker drehte mich um, sodass ich Luke ansah, aber immer noch zwischen seinen Beinen stand. „Walker hatte dich fixiert. Du konntest nirgendwo hingehen. Konntest dich nur dem unterwerfen, was er mit dir getan hat. Du hast mit wilder Hemmungslosigkeit um dich getreten und gekämpft."

„Ja, aber – "

Er legte einen Finger über meine Lippen. „Bist du feucht, Celia?"

Oh Gott. Seine Worte, so verdorben und dunkel, ließen mich feucht werden. Nicht, dass ich es nicht bereits wäre, ich hatte es nur nicht bemerkt. Ohne mein Höschen spürte ich die feuchte Erregung auf meiner Pussy und Schenkel. Ich wimmerte, aber schüttelte meinen Kopf.

„Wenn Walker jetzt also mit seiner Hand über deine Pussy streicheln würde, würde er sie nicht tropfnass vorfinden?"

Walker raffte den Stoff meines Kleides zusammen und seine Finger glitten meine Wade hoch.

„Was wird passieren, wenn ich dich ganz feucht vorfinde, Kleines? Wirst du dann wieder übers Knie gelegt, weil du gelogen hast?"

„Dein Körper lügt nie, Celia", fügte Luke hinzu.

Er hob seine Finger von meinen Lippen, während Walkers Hand höher wanderte. Immer höher, bis seine Finger nur noch wenige Zentimeter davon entfernt waren, herauszufinden, wie erregt ich war.

„Ja, ich bin feucht. Es hat mich feucht gemacht", gab ich zu.

Walkers Hand entfernte sich, das Kleid fiel zurück auf den Boden. Luke trat zurück und Walker entließ mich aus seinem Griff.

„Gutes Mädchen. Ich bin hungrig. Du?", fragte Luke und drehte sich, um den Deckel vom Topf auf dem Herd zu heben.

Ich stand verwirrt da. Sie hatten mich erregt, meine Sehnsucht nach ihnen geweckt und wandten sich dann von mir ab. Ich wimmerte noch einmal, während ich meine Schenkel aneinander rieb.

Walker erhob sich und beugte sich nach unten, um in mein Ohr zu flüstern: „Bestrafung Nummer zwei. Orgasmus Verweigerung."

Ich wimmerte, da ich bereit war, zu kommen.

„Später, Kleines. Später werde ich dich ficken. Hart. Mit wilder Hingabe. Vielleicht fessle ich dich sogar."

Luke schöpfte etwas Eintopf in eine Schüssel und reichte sie mir.

„Iss, Kleines. Du wirst deine Kraft brauchen."

Beim Abendessen sagte ich nicht viel. Wie könnte ich auch? Ich hatte ihnen mein einziges Geheimnis offenbart. Sie hatten die gefährliche Tatsache, dass mir Carl folgte, gelassen akzeptiert. Was mich frustrierte, war, dass sie sich mehr darüber aufgeregt hatten, dass ich sie angelogen hatte. Offenbar mochten sie keine Geheimnisse. Es gefiel ihnen nicht, nicht von irgendeiner Gefahr oder Problem zu wissen. Ich konnte es ihnen nicht verübeln, aber die Angst vor Zurückweisung war zu groß gewesen und hatte dazu geführt, dass mir der Hintern ordentlich versohlt worden war.

Aber ich war nicht abgewiesen worden. Tatsächlich wollten sie mich sogar noch mehr. Ihre Fürsorge und Besorgnis um mich waren offenkundig. Ich bezweifelte in höchstem Maße dass Walker einfach jeden über sein Knie legte. Die Handlung war nur für mich gewesen. Auch wenn es wehgetan hatte und die Hitze und das Brennen anhielten, hatte er es getan, weil er sich um mich sorgte, weil ich nicht aufrichtig mit ihm gewesen war. Dadurch fühlte ich mich…beschützt und auf seltsame Weise wertgeschätzt. Ich verstand nicht, wie das sein konnte. Er hatte mir den Po versohlt und dennoch fühlte ich mich beschützt. Ich sollte mich schämen oder angewidert sein. Ich empfand keines von beidem.

Als sie mich dazu gebracht hatten, die Wahrheit zu gestehen, war das ebenfalls erregend gewesen, ich hatte mich überwältigt und dominiert gefühlt. War das nicht das gewesen, was ich mir von ihnen gewünscht hatte? Worum ich erst vergangene Nacht gebeten hatte? Sie hatten mir genau das gegeben, was ich gewollt, was ich gebraucht hatte, ohne es überhaupt zu merken.

Aber als ich daran gedacht hatte, dominiert zu werden, hatte ich John vor Augen gehabt und wie er seine Geliebte ans Bett gefesselt genommen hatte. Auch wenn er eifrig gewesen war, war Luke letzte Nacht nicht übermäßig dominant gewesen. Walker musste mich erst noch ficken.

Jetzt warteten sie unten auf mich und gaben mir Zeit zum Baden. Ich nahm mir sogar ein paar Minuten, um über meine Schulter zu schauen und meinen roten Po anzustarren, daran zu denken, wie er versohlt worden war, wie ich darauf reagiert hatte, auf sie. Sie waren überwältigend und jetzt konnte ich Luft holen.

Allerdings nicht lange, da sie unten waren. Ich hatte keine

andere Wahl, als mich ihnen anzuschließen. Nicht, dass ich etwas anderes tun wollte. Ich war feucht und begierig nach ihnen gewesen. Das war ich immer noch und diese Verzögerung vergrößerte mein Bedürfnis nur noch. Dieses hinausgezögerte Vergnügen war eine Bestrafung, die mir nicht gefiel. Ich schaute nach unten, sah meine Brustwarzen deutlich unter meinem Nachthemd. Hart und aufgerichtet schmerzten sie. Genauso wie meine Pussy, die begierig nach ihren Berührungen, ihren Schwänzen war.

Ich lief barfuß die Treppe hinunter und in die Bücherei neben der Eingangstür. Die Laterne verströmte ein sanftes Leuchten und die Hitze des Ofens lockte mich. Die Männer erhoben sich bei meinem Eintreten. Sie hatten ihre Hemden aufgeknöpft und die Ärmel hochgerollt, um ihre starken Unterarme zu zeigen. Während ich fand, dass der Raum eine angenehme Temperatur hatte, war er ihnen wahrscheinlich zu heiß.

Ich war plötzlich schüchtern, selbst nach allem, was sie mit mir während des vergangenen Tages getan hatten.

„Ich dachte, wir hätten kein Nachthemd gekauft", meinte Walker, während seine Augen mich von Kopf bis Fuß musterten und sich dann auf meinen Brüsten niederließen. Das raue Timbre seiner Stimme sorgte dafür, dass sich meine Brustwarzen aufrichteten. Die Vorstellung von diesen zweien so berührt und genommen zu werden, wie sie es erzählt hatten, war berauschend. Sie war auch erregend und definitiv verlockend.

„Das haben wir nicht. Sie muss es von Texas mitgebracht haben."

Ich strich mit meinen feuchten Händen über meine Hüften und trocknete sie. Ja, es war genauso, wie ich es mir vorgestellt hatte. Sie wollten mich nicht in einem Nachthemd.

„Das wirst du nicht ins Bett anziehen, Kleines", verkündete Walker und bestätigte meine Gedanken.

„Es ist…kalt draußen."

Luke trat näher. „Ich versichere dir, dir wird zwischen uns nicht kalt werden."

Eine verrufene Frau

Nein, ich glaubte nicht, dass es das würde.

Er trat nach vorne. „Mein Bruder war ein Idiot und hat dich heute Morgen nicht genommen. Ich habe es getan und will dich wieder."

Meinen Kopf in seine Hände nehmend, fiel sein Blick auf meinen Mund. Ich keuchte, als seine Lippen auf meine trafen, da es kein Kuss war. Kein Kuss, den ich kannte. Warme Lippen berührten meine, so weich und sanft, dass ich verwirrt war. Dann glitten sie über meinen vor und zurück. Seine Zunge kam heraus, um über meinen Mundwinkel zu lecken, dann den anderen.

Sein Mund war nicht fest oder seine Lippen kühl. Noch war der Kuss keusch. Er war heiß und sinnlich und zugleich war es nur der Hauch eines Kusses. Ein Laut entkam mir, der Luke zum Stöhnen brachte. Da veränderte sich der Kuss. Meine Lippen öffneten sich und seine Zunge schob sich in meinen Mund, schmeckte mich, erkundete mich. Zögerlich begegnete meine Zunge seiner und es war wie ein Blitz, ein heißer Funke, der durch meinen Körper raste.

„Hey, ich wollte sie zuerst", beschwerte sich Walker, dessen Stimme nur noch ein raues Knurren war.

Luke hob seinen Kopf lang genug, um zurück zu fauchen: „Pech gehabt."

Ich liebte die Vorstellung, dass die Brüder um mich kämpften, dass sie mich beide so sehr wollten, dass sie miteinander stritten. Sie waren wie Kleinkinder, die sich um ein Spielzeug stritten. Und das war ich. Sie würden mit mir spielen, abwechselnd und vielleicht auch zusammen, wie sie es mir heute Morgen erzählt hatten.

Lukes Hand umfasste meinen Kopf, neigte ihn so, dass er den Kuss noch vertiefen konnte. Ich beschwerte mich nicht. Ich konnte nicht und wollte auch nicht. Ich wollte diesen Kuss mehr als meinen nächsten Atemzug. Das war nicht nur die Verschmelzung zweier Münder, sondern zweier Seelen. Es war, als wüsste er, was meine Haut zum Kribbeln brachte.

Ich spürte andere Hände auf mir, während Luke mich weiterhin küsste. Ich wollte, dass es nie endete und so wie er weitermachte und weitermachte, schien es ihm genauso zu ergehen. Warme Luft umschmeichelte meine Waden, während ich spürte, wie Fingerspitzen die Seite meines Beines hinaufglitten. Das war ebenfalls sanft und zärtlich und dennoch keuchte ich auf.

„Walker", stöhnte ich seinen Namen, überrascht von seiner Dreistigkeit.

Ich drehte meinen Kopf in Lukes Griff und sah nach unten. Walkers Augen waren so dunkel, so voller Leidenschaft, dass mir der Atem stockte.

„Luke hat deinen Mund. Ich habe den Rest von dir."

Ich musterte ihn kurz, aber Lukes Mund bewegte sich zu meinem Ohr und leckte über die filigrane Muschel, knabberte anschließend am Ohrläppchen. Meine Augen schlossen sich, während ich „Ja" hauchte.

Walker gab einen rauen Laut der Zustimmung von sich und seine Hände kehrten zurück.

Sie waren kein bisschen grob. Dominierend ja, aber ich verspürte keine Angst, keine Sorge, dass sie nur nehmen und nehmen würden. Es gab kein Nehmen. Sie gaben mir. Empfindungen überfluteten mich, vor allem als ich spürte, wie Walkers Finger auf meinem Schenkel immer höher glitten. Ich keuchte wieder, aber Luke ließ nicht nach, sondern drehte meinen Kopf zurück, um wieder meinen Mund zu beanspruchen und all meine überraschten und lustvollen Laute zu schlucken.

Walkers Hände streichelten mich, vorne, hinten und dann dazwischen. Eine Hand bewegte sich zu meinem Hintern – der immer noch ein wenig wund von seinen Schlägen war – und umfasste mich, während die andere über meine Locken und dann dazwischen streichelte. Ich konnte meine Aufmerksamkeit nicht zwischen dem, was Walker mit seinen Händen tat und der Art, wie Luke mich küsste, aufteilen.

„Sie ist tropfnass", knurrte Walker.

„Du bist immer feucht für uns, nicht wahr?", flüsterte Luke an meinem Mund.

„Nicht wahr, Kleines?", wiederholte Walker und strich mit

Eine verrufene Frau

seinen Fingernägeln über die zarte Haut meines Hinterns, womit er einen Hauch der vorherigen Schmerzen wiederaufleben ließ. Dadurch fokussierten sich meine Gedanken auf ihn, auf ihre Fragen.

Ja.

„Ich will", hauchte ich, während mein Körper immer heißer wurde, „ich will mich weiterhin so fühlen."

Lukes Mundwinkel hob sich.

„Ja, Ma'am." Nur zwei kleine Worte, die mir das Gefühl gaben, dass Luke und Walker meine Wünsche erfüllten. Sie berührten mich, damit ich mich gut fühlte, nicht sie. Sie waren selbstlos, indem sie mir gaben, was ich wollte. Das war für mich so unbegreiflich, dass ich ganz durcheinander war. John hätte niemals etwas getan, das ich wollte. Es war immer nur um ihn gegangen. Wenn ich auch nur erwähnt hätte, dass er mich küssen oder berühren oder ficken sollte, hätte er mich für lüstern gehalten. Und dennoch hatte er sich eine Geliebte gesucht, die genau das gewollt hatte.

John war weg, tot und begraben und lag in meiner Vergangenheit. Wenn Luke und Walker mich berühren und dafür sorgen wollten, dass ich mich so...glückselig fühlte, dann sollte es so sein. Ich entspannte meine Schultern, während Walkers Hände wieder zwischen meine Schenkel krochen.

„Das ist es, Kleines, gib dich uns hin." Als er mit seiner Handfläche gegen meinen Innenschenkel drückte, verschob ich meinen rechten Fuß. „Braves Mädchen, lass mich rein."

12

elia

Ihr Lob löste in mir genauso viel aus wie ihre Küsse und Berührungen. Ich befriedigte sie und sie befriedigten mich definitiv auch. Als einer von Walkers Fingern meinen Eingang umkreiste und dann nach innen drang, unterbrach ich den Kuss mit Luke und schrie auf: „Oh mein Gott!"

Scharfes und helles Vergnügen pulsierte durch meine Venen. Nur seine Fingerspitze dehnte mich und ich war verloren. Ich konnte nicht auf einen ihrer Schwänze warten.

„Sie ist eng", stellte Walker fest, während er seinen Finger ein winziges bisschen weiter in mich drückte.

Luke begann mein Kiefer entlang zu küssen und an der zarten Haut zu knabbern, während er sich zu meinem Ohr vorarbeitete.

„Ich weiß. Sie ist so eng, dass sie wie ein Handschuh um meinen Schwanz gepasst hat. Du wirst für uns kommen", fügte Luke noch hinzu und biss wieder in mein Ohrläppchen. „Wir werden dich schön weich und feucht machen, damit du für unsere Schwänze bereit bist."

Ich zog mich um Walkers Finger herum zusammen und er zog sich zurück.

„Nein!", schrie ich, da ich wollte, dass er weitermachte.

„Keine Sorge, Kleines. Ich gehe nirgendwo hin." Anstatt wieder einen Finger in mich einzuführen, schob er zwei in mich, spreizte und drehte sie, um mich zu öffnen. Ich spürte das Brennen, die enge Passung und stieß zischend Luft aus. Obwohl ich Luke bereits zweimal in mir hatte, war ich immer noch nicht an diese Art von Aufmerksamkeiten gewöhnt.

Luke legte seinen Mund wieder auf meinen und küsste mich, während Walker sanft meinen Körper bearbeitete. Als er mit seinem Daumen über meine Klitoris strich und sie umkreiste, gaben meine Beine fast nach. Eine Hand schlang sich um meine Taille, um mich aufrecht zu halten. Meine Augen waren geschlossen und ich wusste nicht, wessen Arm es war. Es war mir auch egal, da ich von beiden Aufmerksamkeiten erhalten wollte. Ich fühlte mich umringt und wertgeschätzt, besessen und befriedigt. Ich fühlte mich, als wäre ich das Zentrum ihrer Welt.

„Ich werde…ich brauche, ich kann nicht – "

„Lass los, Kleines", murmelte Walker, der sein Tun nicht unterbrach. „Wir haben dich. Wir werden dich beschützen."

Die Lust verwandelte sich in einen wirbelnden Ball aus Hitze, der sich zwischen meinen Beinen sammelte und von dort verteilte. Meine Finger und Zehen kribbelten, Farben blitzten hinter meinen Augenlidern. Es war, als würde mich das Vergnügen so hoch emporheben, dass ich nirgendwo anders hingehen konnte, als nach unten.

Ich packte Lukes Unterarme, meine Finger gruben sich in die harten Muskeln und hielten ihn fest. Ich drohte zu zerfallen, als würden sich Nähte an meinem Körper auftrennen. Durch ein überraschendes Krümmen von Walkers Fingern zerriss die Naht und ich zerfiel. Ich flog, schwebte, fiel, aber es war mir egal.

Ich schrie in Lukes Mund, sein Kuss dämpfte die Laute. Mein Körper zitterte, meine Hüften bewegten sich, um Walkers Finger zu reiten und das Vergnügen hinauszuzögern, das er meinem Körper entlockt hatte, damit es nie endete.

Bevor ich zu mir selbst zurückkehrte, spürte ich, wie ich

hochgehoben wurde, der Raum sich drehte und dann ein Sofakissen in meinem Rücken. Der Saum meines Nachthemdes wurde nach oben geschoben, sodass es um meine Taille gebauscht war. Die warme Luft des Zimmers kühlte meine Haut nach der Glückseligkeit, die sie meinem Körper entlockt hatten. Ich hätte mich schämen sollen, dass mein Unterleib vor beiden Männern entblößt war, aber ich musste mich erst noch erholen. Meine Haut war erhitzt und von Schweiß überzogen, mein Atem kam stoßweise. Langsam öffnete ich meine Augen und sah Walker über mir aufragen mit den zwei Fingern, die zuvor in mir gewesen waren, im Mund. Mir wurde bewusst, dass er meine Feuchtigkeit aufleckte, das Verlangen, das er zwischen meinen Schenkeln gefunden hatte und das nun seine Haut benetzte.

„Du musst sie schmecken, Bruder", erzählte Walker Luke, der neben dem Sofa auf dem Boden kniete.

Mit geschickten Händen hob Luke eines meiner Beine auf die Sofalehne, das andere spreizte er so, dass mein Fuß auf dem Boden stand und mein Knie abgewinkelt war. Ich war so weit gespreizt, dass er sich zwischen meinen Beinen positionieren konnte. Hände glitten meine Innenschenkel hinauf, damit seine Daumen über die Spalte zwischen meinen Beinen gleiten konnten.

„Sieh sie dir nur an", murmelte Luke begeistert. Ich versuchte, meine Beine zu schließen, aber seine Hände hielten mich gespreizt. „Nein, Schatz. Lass uns dich betrachten. So hübsch. Rosa und üppig. Walker hat schon von dir gekostet. Jetzt bin ich dran."

„Aber – "

„Wenn es dir nicht gefällt, werde ich aufhören." Sein warmer Atem strich über meine zarte Haut.

Ich konnte keine Antwort geben, da er seinen Kopf senkte und mit seiner flachen Zunge über meine intimste Stelle glitt.

„Oh mein Gott, was machst du?" Ich drückte gegen seine Schultern, aber als seine Daumen meine Schamlippen spreizten und mich weit für seine Zunge öffneten, damit er meinen Eingang lecken und umkreisen konnte, dann noch höher wanderte, wo Walker mit seinem Daumen gekreist war, packte ich seinen Kopf und zog ihn näher. „Ja, genau da."

„Ich glaube nicht, dass schon mal jemand zuvor von ihrer Pussy gekostet hat", meinte Walker. „Ist es nicht so, Kleines?"

Ich stöhnte, das war die einzige Antwort, die er von mir erhielt. Luke hatte gesagt, er würde aufhören, aber ich wollte nicht, dass er das tat. Jemals. Lukes Mund war so wundervoll und so unglaublich verrucht. Ich konnte seine Haare an meinen Innenschenkeln reiben spüren, seine Bartstoppeln, die über meine zarte Haut kratzten. Ich wölbte meine Hüften, neigte meinen Kopf zurück und starrte blind auf die farbigen Schatten des Feuers, die über die Decke tanzten.

„Luke wird mit seiner Zunge deinen honigsüßen Geschmack aufnehmen, dann wird er dich nochmal zum Höhepunkt bringen. Dann wirst du für unsere Schwänze bereit sein."

Walker redete fortwährend, eine lange Kette versauter Worte, die meine Erregung nur noch steigerten.

Du bist so wunderschön. So perfekt für uns. Ich liebe es, wie weit du deine Beine für Luke gespreizt hast. Ich kann dich immer noch auf meiner Zunge schmecken. Ich bin so hart für dich.

Lukes Kopf, der sich zwischen meinen Schenkeln befand, trieb mich mit seinen rauen Bartstoppeln auf meiner empfindlichen Haut auf den Höhepunkt zu, aber Walkers schmutzige Worte brachten mich schließlich zum Schreien.

„Willst du unsere Schwänze, Kleines?"

„Gott, ja."

Lukes Mund war nicht genug. Walkers Finger waren nicht genug gewesen. Ich wollte gefüllt werden.

„Sie wurde gerade feuchter", verkündete Luke, dessen Zunge alles aufleckte. „Ihr gefällt die Idee."

Ja, mir gefiel die Idee äußerst gut.

„Komm zuerst. Wir sind beide groß und wir wollen dir nicht wehtun."

Ich schüttelte meinen Kopf, aber ich war mir nicht ganz sicher, warum eigentlich.

Als Luke zwei Finger in mich schob, wie es Walker getan hatte, und sie an einer bestimmten Stelle krümmte, während

Eine verrufene Frau

seine Zunge mein sehr sensitives Nervenbündel verwöhnte, kam ich wieder. Mein Körper wurde steif, jeder Muskel spannte sich an. Ich drückte Lukes Finger, während sich mein Mund weit öffnete, aber kein Laut entkam. Meine Finger packten seine Haare, während ich meine Hüften schaukelte, um die Empfindungen so lange wie möglich hinauszuzögern. Dieses Mal war es nicht ganz so intensiv, das Vergnügen überrollte mich wie ein Gewitter in der Prärie. Es war dennoch machtvoll und ich war schlaff und befriedigt, überschwemmt von Vergnügen. Ertränkt in Lust.

Nach einem sanften Kuss auf meinen Innenschenkel hob Luke seinen Kopf. „Wie die leckerste Süßigkeit", sagte er und wischte sich mit seinem Handrücken über den feuchten Mund.

Walker hob mich hoch und setzte mich auf seinen Schoß, schlang seine Arme um mich. Mein Nachthemd fiel über meine Pussy, aber meine Beine waren noch immer entblößt. Ich zupfte daran in dem Versuch, meine Schenkel zu bedecken, aber ich gab auf. Walkers steter Herzschlag beruhigte meine außer Kontrolle geratenen Emotionen und meine Atmung. Sein harter und dicker Schwanz drückte beharrlich gegen meine Hüfte, aber er machte keine Anstalten, irgendetwas deswegen zu unternehmen.

Luke erhob sich, ging zu dem Stuhl uns gegenüber und ließ sich darauf nieder, sodass seine Beine vor ihm ausgestreckt waren. Er atmete abgehackt, seine Wangen waren gerötet, seine Augen zu Schlitzen verzogen und dunkel. Eine leichte glänzende Feuchtigkeit überzog nach wie vor sein Kinn und ich wusste, dass sie von mir stammte. Ich hätte mich deswegen schämen sollen, aber wie konnte ich? Sie hatten mir eine solche Glückseligkeit bereitet.

Nachdem er erst einen Hosenträger, dann den anderen über seine Schulter gezogen hatte, öffnete er seine Hose. Ich konnte nur beobachten, wie er seinen Schwanz umfasste und ihn herauszog. Anschließend konnte ich nicht mehr wegschauen.

„Das ist der Grund, warum wir dich vorbereiten mussten, Schatz. Warum wir dich ganz feucht, geschwollen und weich machen mussten. Dich öffnen mussten."

Lukes Schwanz war dick und lang und hatte eine breite Spitze. Eine Ader führte die Länge entlang, die Farbe war dunkelrot. Aber als er mit seiner Faust die Länge nach oben glitt und ein Tropfen klarer Flüssigkeit aus der Spitze quoll, sah er wütend und bedürftig aus. In dem Moment wurde mir klar, über wie viel Selbstkontrolle er verfügen musste. Nach dem festen Druck von Walkers Schwanz zu schließen, verhielt es sich bei ihm genauso.

Meine Pussy zog sich in freudiger Erwartung zusammen, aber ich war dankbar, dass ich tatsächlich feucht war, da das nicht ohne Hilfe in mich passen würde.

„Bist du bereit für Lukes Schwanz, Kleines?", flüsterte Walker in mein Ohr. „Er ist bereit für dich. Fuck, ich bin es auch, aber ich will zuerst zuschauen, wie du meinen Bruder reitest."

Ich rieb meine Wange über seine Anzugjacke. „Reiten?"

„Willst du seinen Schwanz?", fragte Walker.

Ich nickte an seiner Brust.

Walker hob mich hoch, sodass ich vor ihm stand. Seine Hände lagen auf meinen Hüften, um mich zu stabilisieren. „Dann setz dich rittlings auf seine Schenkel."

Luke beobachtete, wie ich mich ihm näherte, seine Augen waren halb geschlossen, sein Kiefer angespannt und er streichelte sich gemächlich. Flüssigkeit tropfte als eindeutiges Zeichen seines Verlangens fortwährend aus dem Schlitz und über seine Finger.

„Zieh dein Nachthemd aus." Lukes Stimme war dunkel und rau. Auch wenn er befehlend klang, drängte er mich nicht, zwang mich nicht. Es war meine Entscheidung, meine Wahl, ob ich seinem Befehl Folge leisten wollte.

Sein Befehl schickte einen Schauder durch meinen Körper und ich gehorchte nur zu willig, hob mein Nachthemd hoch und über meinen Kopf, ließ es zu Boden fallen. Ich wusste, dass sie mich beide sehen konnte, sehen konnte, wie hart meine Nippel waren, wie meine Erregung feucht und glänzend meine Schenkel benetzte.

Ich setzte ein Knie auf die Sitzpolsterung direkt neben seiner

Eine verrufene Frau

Hüfte, dann legte ich zum Ausgleich eine Hand auf seine Schulter, während ich das andere Knie bewegte.

Als ich über ihm schwebte, bearbeitete Luke immer noch seinen Schwanz, während er mich anschaute, sowie meine Brüste, die sich jetzt auf Augenhöhe befanden.

„Sink nach unten, Schatz."

Ich senkte mich. Seine stumpfe Eichel stupste gegen meine Pussy und ich bewegte meine Hüften, ließ die feuchte Spitze über meine geschwollenen Schamlippen gleiten und führte sie dann zu meinem feuchten Eingang.

Er behielt eine Hand um seinen Schwanz, während sich seine andere auf meine Hüfte legte und mich weiter nach unten führte. Äußerst langsam teilte er meine Schamlippen und drückte sich in mich, dehnte und öffnete mich. Meine Augen weiteten sich, als er in mich eindrang. Er fühlte sich größer an als in der Nacht zuvor, aber vielleicht lag das an der Stellung.

Ich hob mich bei der leicht unangenehmen Empfindung an, holte Luft, senkte mich wieder, dieses Mal rutschte ich ein Stückchen tiefer. Ich wiederholte diese hoch und runter Bewegung, bis er mich fast bis zum Anschlag füllte und sich seine Hand entfernte. Ich verspürte einen leichten Schmerzensstich, weil ich so gefüllt war. Mein Atem kam nur noch stoßweise, während ich meinen Kopf schüttelte, weil ich wusste, dass ich ihn noch nicht vollständig aufgenommen hatte.

„Luke, ich…du bist auf diese Art zu groß."

Er schüttelte seinen Kopf und sah mich mit schweren Lidern an.

„Schh, ich hab dich."

Seine Hände legten sich auf meine Hüften und er neigte mich nur ein bisschen zurück, was den Winkel veränderte, sodass er vollständig in mich glitt. Wir schrien beide auf. Ich fiel nach vorne und legte meine Stirn auf seine, unser Atem vermischte sich, während ich mich daran gewöhnte, so ausgefüllt zu werden. Meine inneren Wände zogen sich um ihn zusammen und pulsierten, passten sich an seine Größe an, während er regungslos verharrte.

Sie hatten recht gehabt. Ich hatte die Vorbereitung und die

zwei Orgasmen gebraucht, die meinen Körper weich gemacht hatten, damit ich einen so dicken und langen Schwanz aufnehmen konnte. Ich konnte nicht länger bewegungslos bleiben und begann, mich zu heben und zu senken, wodurch das gesamte Vergnügen und Verlangen mit voller Kraft zurückkehrten. Ich wollte wieder kommen. So wie Luke meine Hüften packte, war das erst der Anfang.

13

alker

MEINE EIER SEHNTEN SICH DANACH, SIE ZU FÜLLEN. SCHEIßE, allein sie dabei zu beobachten, wie sie – wieder – Lukes Schwanz ritt, ließ mich fast in meiner Hose kommen. Verdammt, es war die Hölle gewesen, ihre Pussy mit meinen Fingern ganz feucht und weich zu machen und zuzuschauen, wie Luke sie mit seiner Zunge verwöhnte. Anscheinend war ich ein Masochist. Auch wenn ich mehr als alles andere in ihr versinken wollte, törnte es mich unglaublich an, sie mit Luke zu beobachten.

Ich konnte mir nur vorstellen, wie sie sich um Lukes Schwanz anfühlte und fragte mich, wie es ihm gelungen war, seine Ladung noch nicht zu verspritzen. Nachdem ich meine Hose geöffnet hatte, zog ich meinen Schwanz raus. Erleichterung durchflutete mich, weil er nicht mehr so eingeengt wurde und ich streichelte ihn fest. Indem ich die Wurzel drückte, versuchte ich, meinen eigenen Orgasmus aufzuhalten. Ich wollte nicht wie ein geiler Teenager in meiner Hand kommen, sondern tief in Celia. Ich wollte spüren, wie Lukes Samen das Eindringen erleichterte, dann meinen in ihre gierige Pussy spritzen und sie ein für alle Mal als die Unsere markieren.

Luke hatte mich aus meinem Tief gezogen, hatte mir vor Augen geführt, dass ich mich Celia gegenüber wie ein Arschloch verhalten hatte. Aus dem Bett zu steigen, als sie so großzügig und offenherzig gewesen und mir erlaubt hatte, zum ersten Mal mit ihrem Hintern zu spielen, war geradezu grausam gewesen. Ich hatte nicht wahrhaben wollen, wie sehr sie mich berührte. Aber nicht länger. Ich war jetzt auch ein Teil dieser Ehe. Ich war ihr Ehemann und ich würde ihr das für den Rest meines Lebens beweisen.

Wir begannen langsam, gewöhnten sie behutsam daran, sodass wir ihr später ungewöhnlichere Formen des Fickens zeigen konnten. Denn mittlerweile wusste ich, dass sie zwar schüchtern war, aber auch sehr abenteuerlustig. Während wir ihre Pussy auf unsere Schwänze vorbereiteten, bereiteten wir zugleich auch ihren Verstand auf mehr vor. Zeigten ihr allmählich, wie es wirklich zwischen Ehemännern und ihrer Frau ablief. Das konnte alles sein, was wir wollten. Zärtlich oder verdorben, zahm oder wild. Weder Luke noch ich waren sanfte Liebhaber. Wir würden herausfinden, was sie mochte, welche Körperstellen sie zum Stöhnen brachten, sie feucht machten. Erst dann würde sie wahrhaftig die Unsere sein, denn sie würde uns alles gegeben haben. Es hatte heute Morgen angefangen, als Luke ihr einen der Plugs gezeigt hatte, die er in dem Bordell besorgt hatte, und als wir sie mit Analspielchen zum Höhepunkt gebracht hatten.

Bei gewissen Dingen war sie schüchtern und unschuldig, aber auch eifrig. Wie beispielsweise jetzt, als sie Lukes Schwanz ritt, wobei ihre Brüste hüpften, während sie sich von ihm nahm, was sie wollte. Sie wusste, dass ich zuschaute, wusste, dass ich als nächstes dran war.

Wenn so unsere Ehe werden würde, in der sie so eifrig und offen war, dann hatte ich gegen diese Vorstellung nichts einzuwenden. Ich hatte mir Sorgen gemacht, dass ich eifersüchtig auf Luke sein würde, wenn er fickte, was auch mir gehörte, aber während ich beobachtete, wie sie ihn

Eine verrufene Frau

hemmungslos ritt, wurde ich nur noch schärfer, mein Schwanz dicker.

Luke setzte sich auf und vergrub seine Nase im Tal zwischen ihren Brüsten, dann saugte er an einer aufgerichteten Spitze, während er sie hob und senkte, sie nahm, wie er wollte, damit er kommen konnte. Es dauerte nicht lang. Dieses Mal würde es schnell gehen, da wir uns beide zu sehr nach ihr verzehrten. Ich hatte immer noch ihren Geschmack auf meiner Zunge und stand kurz davor zum Höhepunkt zu kommen.

Celia wimmerte, dann stieß sie ein atemloses Stöhnen aus, ihr Kopf fiel zurück und ihre Augen schlossen sich, während sie kam. Es war ein wunderbarer Anblick sie so wild und verloren in ihren fleischlichen Gelüsten zu sehen. Luke stieß ein letztes Mal in sie und schrie seine eigene Erlösung hinaus. Er hielt sie fest, während er kam und er küsste und saugte ihre feuchte Haut. Ich wollte unbedingt das Gleiche fühlen und tief in ihr meine Kontrolle verlieren.

Luke kam zuerst wieder zu Atem, öffnete seine Augen und sah über ihre Schulter zu mir. Die Anspannung war aus seinem Körper gewichen, das angespannte Kiefer entspannt. Er wirkte befriedigt und zufrieden und das Lächeln, das seinen Mund umspielte, weckte in mir den Wunsch, ihm ins Gesicht zu schlagen. Wohingegen er gekommen war, schmerzten meine Eier immer noch vor Verlangen. Das war das dritte Mal, dass er sie gefickt hatte und ich hatte sie noch kein einziges Mal gehabt.

„Celia." Seine Knöchel streichelten über ihre Wange, was sie dazu bewegte, ihre Augen zu öffnen. „Schau dir Walker an."

Sie blickte zurück zu mir, musterte mich, betrachtete meinen äußerst wütenden Schwanz.

„Er braucht dich."

Verdammt richtig. Ich brauchte sie mit einer Dringlichkeit, die ich seit sehr, sehr langer Zeit nicht mehr verspürt hatte. Selbst damals war es nicht wie jetzt gewesen. Ruth hatte ihr Interesse kein bisschen deutlich gemacht, sondern sich von mir sanft durch unseren Liebesakt führen lassen. Selbst dann war sie schweigsam gewesen und hatte sich nie hemmungslos hingegeben. Celia hingegen war reaktionsfreudig und gierig. Genauso wie ich.

Sie machte Anstalten, sich zu erheben, wobei ihr Luke helfen musste und beide zischten, als er sich aus ihr zog. Sie wandte sich mir zu, während Luke eine Hand auf ihrer Taille beließ. Sie hatte bereits drei Orgasmen hinter sich und konnte nicht mehr allzu stabil auf ihren Füßen stehen. Ihre Wangen waren gerötet, ein Schweißfilm überzog ihre Stirn. Ihre Augen waren glasig, als sie über ihre trockenen Lippen leckte. Ich konnte das Stöhnen nicht zurückhalten. Mein Schwanz pulsierte, wollte das feuchte Lecken dieser Zunge spüren.

Ihre Haare fielen in wilden Locken über ihren Rücken und sie trug einen erhitzten, zufriedenen Gesichtsausdruck zur Schau. Niemand würde anzweifeln, dass sie eine gutbefriedigte Frau war, wenn er sie jetzt sah. Ihre Nippel waren weich geworden und ihre Brüste waren prall und voll, eine perfekte Handvoll. Eine schmale Taille ging in breite Hüften über. Ich kannte ihren herrlichen Hintern, jede üppige Kurve. Als ich sie dabei beobachtet hatte, wie sie Luke ritt, hatte ich entdeckt, dass er von meinen Schlägen nach wie vor gerötet war.

Ich hatte gedacht, sie wäre wunderschön gewesen, als sie vom Zug auf uns zu gelaufen war, aber jetzt, da ihre Gedanken still und ihr Körper entspannt war, war sie absolut hinreißend. Es war allerdings nicht ihr Körper, der mich anzog – obwohl er mich höchstwahrscheinlich in einen Zustand der Dauererregung versetzen würde – sondern ihr Geist. Er war offen und nach ihren Orgasmen, begierig nach mehr.

Ich krümmte meinen Finger und sie kam näher, stellte sich zwischen meine Knie, wie sie es zuvor in der Küche getan hatte. Ich konnte ihren perfekten Brüsten einfach nicht widerstehen und hob meine Hände, um sie zu umfassen. Ich spürte ihr weiches Gewicht, rieb mit dem Daumen über die Spitzen, die sich zusammenzogen.

Ihre Augen schlossen sich, während ich mit zwei Fingern an ihnen zog. Ich betrachtete ihren nackten Körper. Weiche weibliche Kurven, volle Hüften und ein praller Hintern. Zwischen ihren Schenkeln glänzten ihre hellen Locken von

Eine verrufene Frau

ihrer Erregung und Lukes Samen tropfte über ihre cremefarbenen Innenschenkel.

Als ich meine Hände entfernte, öffnete sie langsam ihre Augen. Ich neigte meinen Kopf. „Knie dich auf die Couch und halte dich an der Rücklehne fest."

Ich hatte nicht einmal bemerkt, dass ich meine Knie geschlossen und sie so an Ort und Stelle fixiert hatte. Nachdem ich sie freigegeben hatte, setzte sie sich in Bewegung und positionierte sich neben mir auf der Couch, wie ich sie gebeten hatte. Ihre Brüste schwangen mit ihren Bewegungen und es juckte mich in den Händen, sie wieder zu umfassen.

Auf ihren Knien sah sie von uns weg. Über ihre Schulter blickend, schaute sie zu mir, dann zu Luke.

Ich erhob mich und trat hinter sie, strich mit der Hand über die lange Linie ihres Rückgrats, spürte die Hitze ihrer Haut, die Weichheit. Dann glitt ich mit der Hand nach unten, um ihren wundervollen Po zu umfassen.

„Ich werde nie wieder weglaufen, Kleines."

Ich beugte mich zu ihr und küsste ihre bloße Schulter, sah ihr in die Augen. Sie nickte und ich lehnte mich zurück.

„Du denkst, dass du nicht genug für uns bist, Kleines? Luke ist schon wieder hart."

Ihre Hüfte packend, zog ich sie sanft zu mir, sodass ihre Pussy hervorragend zur Schau gestellt wurde und sich in der perfekten Höhe zum Ficken befand.

„Luke, wo ist der Plug, den du heute Morgen besorgt hast?"

Luke holte den Plug und ein Glas mit Gleitmittel vom Beistelltisch. In dem Wissen, dass wir es benutzten würden, um sie darauf vorzubereiten, von uns beiden genommen zu werden, hatte er es mit sich in die Stube gebracht, während wir darauf gewartet hatten, dass sie ihr Bad beendete.

Nachdem er den Deckel aufgeschraubt hatte, tauchte er zwei Finger in das Glas und rieb den Plug großzügig ein, bevor er ihn mir reichte.

Ich hielt ihn hoch, damit Celia sehen konnte, wie er im Feuerschein glänzte. „Dir hat es gefallen, als ich dich zuvor dort berührt habe."

Sie sah auf den Plug, dann zu mir. Biss auf ihre Lippe.

„Dir wird das gefallen."

Ich trat näher zu ihr, glitt mit meinen Fingern über ihre Pussy, wodurch Lukes Samen meine Fingerspitzen benetzte. Ich nutzte diese Feuchtigkeit, als ich nach hinten glitt und ihren gekräuselten Eingang berührte. Um ihn gründlich damit einzureiben, kreiste ich sanft mit den Fingern, wie ich es heute Morgen im Hotelzimmer getan hatte. Anschließend drückte ich sanft nach innen, beharrlich dennoch geduldig.

„Atme, Kleines. Das ist es. Braves Mädchen."

Ich hörte nicht auf, ließ nicht nach, sondern sorgte dafür, dass ihr Körper weich wurde und sich ergab. Ganz plötzlich öffnete sich ihr jungfräuliches Loch für meinen Finger und er glitt hinein.

Sie stöhnte und ihr Kopf fiel zwischen ihre Arme, aber sie bewegte sich nicht.

„Gefällt dir das?", fragte ich.

„Walker, ich – "

Ansonsten brachte sie keine Worte heraus, während ich meinen Finger nur bis zum ersten Knöchel langsam rein und raus bewegte, indem ich die Bewegungen nachahmte, die mein Schwanz irgendwann machen würde, nur tiefer. Luke lief um die Couch und stellte sich vor sie, neigte ihren Kopf nach oben und küsste sie.

Er schluckte ihr Stöhnen und ihre Lustschreie, während ich sie weiterhin öffnete.

Sie keuchte, als ich mich zurückzog, aber ich ließ sie nicht lange ungefüllt. Indem ich den harten, glatten Plug an sie drückte, führte ich ihn ihr vorsichtig ein.

Luke umfasste ihre Brüste, die schwer nach unten hingen. Er ergriff ihre Nippel, zog an ihnen und dehnte sie so sehr, dass ihr Gesicht ein wenig angestrengt aussah. Die Kombination aus Nippelspiel und dem Plug, der ihr jungfräuliches Loch dehnte, war zu viel für sie. Mit meiner freien Hand streichelte ich über ihre geschwollene Klitoris und sie kam. Ich schob den Plug vollständig in sie und beobachtete, wie sie sich um die schmale

Eine verrufene Frau

Stelle schloss. Die dunkle Basis zwischen ihren gespreizten Pobacken war ein wundervoller Anblick.

Ein wilder Schrei entkam ihren Lippen und sie warf ihren Kopf zurück, wodurch ihre Haare lang über ihren nackten Rücken fielen. Es war ein wunderschöner Anblick, wie sie sich den verruchteren und dunkleren Aspekten des Fickens hingab. Und sie liebte es.

Ungehemmt und perfekt. Sie hielt nichts zurück.

Ich konnte keine Sekunde länger warten. Ich musste in ihr sein. Ich brachte meinen Schwanz an ihrem feuchten Eingang in Position. „Ich werde nie genug von dir bekommen. Davon", murmelte ich.

Langsam drückte ich mich in sie, ihr Kanal war von Lukes Samen ganz feucht, aber der Plug machte sie unglaublich eng. Ihr erregter Zustand machte ihren Körper weich, erlaubte mir das Eindringen. Sie wollte das. Und so wie ihre Finger auf der Sofalehne weiß wurden, brauchte sie es auch.

Luke spielte weiterhin mit ihren Brüsten, als ob er einfach nicht aufhören könnte, sie zu berühren.

„Walker", hauchte sie. Ihr Kopf fiel wieder zwischen ihre Arme, als ob er zu schwer wäre, um ihn hochzuhalten. Ihr Rücken wölbte sich und sie drückte ihren Hintern zurück, sodass ich sie vollständig füllte.

„Hast du jemals zuvor so gefickt?", fragte ich. Meine Stimme klang kratzig und rau, während ich mich rein und raus bewegte.

Sie schüttelte ihren Kopf und die Nadeln fielen aus ihren Haaren.

„Gefällt dir das, Kleines? Gefällt es dir von hinten?" Ich verharrte reglos in ihr und wartete. „Gefällt dir ein Plug in deinem Hintern?"

„Ja. Walker, bitte beweg dich!" Sie zog sich zusammen und drückte, wackelte mit den Hüften.

Nachdem ich mit meiner Hand über ihre Wirbelsäule geglitten war, begann ich, den Plug im Rhythmus mit meinem Schwanz rein und raus zu bewegen.

„Walker!", schrie sie und blickte mit geweiteten Augen

überrascht über ihre Schulter, während ihre Pussy meinen Schwanz drückte.

Ich grinste und bewegte mich wieder. „Das gefällt dir, nicht wahr?"

„Ich...ich habe nie – "

„Du wirst mit uns. So wird es sich anfühlen, wenn wir dich beide zur gleichen Zeit ficken, aber wir sind größer als der Plug."

Die Vorstellung sie dort zu ficken, der Erste zu sein, der das tat, trieb mich zum Höhepunkt. Ich konnte meinen Orgasmus nicht mehr aufhalten.

„Ich werde kommen, Kleines. Schau nur, was du mit mir gemacht hast. Du hast mich zu einem geilen Teenager reduziert."

Ich stieß einmal, zweimal in sie, während ich weiterhin mit dem Plug in ihrem Arsch spielte. Dann stöhnte ich, als sich mein Samen aus meinen Eiern in sie ergoss, ihre Pussy auskleidete und sie füllte, sodass der Samen sogar an meinem Schwanz vorbei und über ihre Schenkel lief.

Mit meiner freien Hand – mein Daumen hörte nicht auf, mit ihr zu spielen – griff ich um sie und strich über ihre kleine harte Klit. Sie stand kurz vor dem Orgasmus, war so überreizt, dass es nur einige sanfte Berührungen benötigte, um sie noch einmal kommen zu lassen. Ihre inneren Wände molken auch den letzten Samen aus mir.

Nach vorne beugend, küsste ich ihren Rücken hinab, schmeckte ihren salzigen Schweiß, fühlte ihren wilden Herzschlag unter meinen Lippen. Sie hatte uns beide so wunderbar genommen. Ihre Hemmungen waren wie ihr Nachthemd zu Boden geglitten und sie hatte sich uns mit Haut und Haaren hingegeben. Deswegen bewunderte ich sie. War hin und weg.

„Wir werden nie genug bekommen", murmelte ich, bevor ich mich aus ihr zog, sie hochhob und sie die Treppen zum Bett hochtrug.

14

elia

„Wach auf, Kleines."

Ich kuschelte mich an den harten Körper und wollte mich nicht bewegen. Eine Hand streichelte meinen Rücken hinab.

„Es schneit immer noch. Wir müssen los, damit wir es nach Slate Springs schaffen, bevor der Pass schließt."

Walkers Worte brachten mich dazu, meine Augen zu öffnen. Mein Kopf lag auf Lukes Schulter, meine Hand auf seiner Taille. Obwohl er nicht schlief, blieb er ruhig liegen. Der Himmel begann gerade erst hell zu werden, aber durch das Fenster konnte ich sehen, dass nach wie vor dicke Flocken vom Himmel fielen. Sie wirbelten dichter umher als zu dem Zeitpunkt, an dem wir in die Stadt geritten waren.

Ich blickte zu Walker hoch, der eine Hose und ein nicht zugeknöpftes Hemd trug.

„Er schließt in den nächsten Stunden?", fragte ich und räusperte mich dann. Meine Stimme war ganz rau vom Schlaf.

Luke bewegte sich und setzte sich auf. Ich war verwundert, dass ich so gut geschlafen und ihn sogar als Kissen benutzt hatte. Ich hatte während meiner Ehe mit John immer auf meiner Seite des Bettes geschlafen. Ich hatte meinen Freiraum gewollt. Aber Luke und Walker boten mir keinen. Ich musste mich direkt zwischen sie legen, während mich ihre Arme umschlangen. In kalten Winternächten störte mich das kein bisschen. Und was Walker gesagt hatte, stimmte. Ich brauchte kein Nachthemd, um warm zu bleiben, wenn ich sie hatte.

„Nein, aber wir werden nur schwer vorankommen. Der Schnee wird sehr tief sein und den Pferden Schwierigkeiten bereiten. Mir wäre es lieber, wir würden nicht hier festsitzen oder die Pferde oder uns in Gefahr bringen."

Der Schnee war bereits in Jasper tief. Ich konnte mir nur ausmalen, wie es erst auf dem Bergkamm aussehen würde.

„In Ordnung", stimmte ich zu. Walker lief aus dem Zimmer und die Treppe hinab.

Luke stieg nackt aus dem Bett und suchte nach seiner Hose. Er besaß keinen Funken Sittsamkeit, genauso wenig wie sein Bruder, was mir die Gelegenheit gab ihn – alles von ihm – bei Tageslicht zu bewundern. Ich warf einen Blick auf seinen Schwanz, der ziemlich erigiert war und fragte mich, wie er in mich gepasst hatte. John war…oh verdammt. Genug von John.

Luke war wirklich groß und ich erinnerte mich daran, wie er mich ausgefüllt hatte. Fast zu sehr.

Er grinste mich an, als er mich beim Schauen erwischte.

„Ich liebe deine Neugier, Celia. Unglücklicherweise kann ich bis heute Abend, wenn wir nach Hause kommen, nichts unternehmen, um sie zu befriedigen. Aber dann können wir den Winter eingeschneit und nackt miteinander verbringen."

Meine Pussy pochte. Die Vorstellung hatte definitiv ihren Reiz.

―――

SLATE SPRINGS WAR ANDERS, ALS ICH ES ERWARTET HATTE, VOR allem da wir in die Stadt einritten, während der Schnee uns seitlich ins Gesicht peitschte. Es gab keinen Weg, keine Route, die ich hätte sehen können, da sie unter Schnee vergraben war und ich war erleichtert, dass die beiden Männer wussten, wohin

Eine verrufene Frau

sie gingen. Jegliche Spuren von vorherigen Reisenden – selbst von Minuten zuvor – waren von dem frisch gefallenen Schnee verschluckt worden. Selbst Lukes Haus war in dem Schnee kaum auszumachen. Es war weiß und zweistöckig mit einer Veranda, aber mehr konnte ich nicht erkennen und ich hatte auch kein Interesse daran, länger als nötig draußen zu bleiben, um mehr zu sehen.

Luke führte mich nach drinnen, während Walker die Pferde in den Stall brachte. Im Inneren war es nicht viel wärmer. Luke stampfte den Schnee von seinen Stiefeln, dann setzte er sich auf die Bank neben der Tür, um sie auszuziehen. „Jetzt ist es noch kalt, aber ich werde Feuer machen. Lass deinen Mantel an und schon bald wird es hier drinnen mollig warm sein."

Er zog seine Stiefel aus und hängte seinen Hut neben die Tür, während er seine Handschuhe in seine Manteltasche stopfte. Er lief in den hinteren Bereich des Hauses und ich hörte das scheppernde Geräusch von Metall auf Metall, das Öffnen eines Eisenherdes, der anschließend mit Holz gefüllt wurde.

Während ich meine Stiefel öffnete, betrachtete ich Lukes Haus. Es war von der Größe her vergleichbar mit Lanes, aber Lukes war aus Stein und hatte dicke Wände. Es hatte ebenfalls zwei Stockwerke und war riesig. Es stand außer Frage, dass Luke Geld hatte, da die Möbel zwar schlicht, aber gut gebaut waren. Teppiche bedeckten die Holzböden und ich stellte mir vor, wie gut sie sich im Winter unter meinen bloßen Füßen anfühlen würden.

Luke kam den Flur entlanggelaufen, zwinkerte mir zu und ging dann in die Stube, um auch dort ein Feuer im steinernen Kamin zu entfachen. Er war gesäubert und Holz daneben aufgestapelt worden, bereit für ein Streichholz. Das Holz fing schnell Feuer und der Raum erwärmte sich rasch.

Durch den Schnee draußen wirkten die Räume sehr hell.

„Ich habe eine Haushälterin, die mehrmals die Woche zum Putzen vorbeikommt. Aber jeden Abend um sechs versorgt sie mich mit einem Abendessen. Manchmal kocht sie hier, manchmal bringt sie eine Portion von zu Hause mit. Kannst du kochen, Celia?"

Wir hatten nicht über die Hausarbeit gesprochen und ich musste zugeben, dass ich auch nicht groß darüber nachgedacht hatte. „Oh, ähm. Ja. Ich kann auch putzen."

„Ich will nicht, dass Mrs. Jacobs ihren Job verliert, also würde ich sie gerne weiterhin beschäftigen. Bitte denk nicht, dass ich deine Fähigkeiten anzweifle."

Ich schenkte ihm ein Lächeln. „Das ist nett von dir. Dass du Mrs. Jacobs weiterhin beschäftigst, meine ich. Ich bin mir sicher, wir werden uns gut verstehen."

„Heute Abend wird sie nicht vorbeikommen, also müssen wir uns selbst versorgen."

Stiefel trampelten in Richtung des hinteren Hausbereiches. „Das wird dann wohl Walker sein."

Er nahm meine Hand in seine und führte mich zur Küche. Die ärgste Kälte war wegen des Ofens bereits gewichen.

„Bis das Wetter besser wird, werden wir niemanden aus der Stadt sehen", erklärte Walker, während er seine Stiefel auszog.

Luke nickte. „Gut. Dann können wir ohne Unterbrechung unsere Flitterwochen genießen. Lass mich die restlichen Feuerstellen entzünden und das Haus einheizen. Dann werden wir dich aufwärmen."

Das tiefe Timbre seiner Stimme ließ mich glauben, dass ich meinen Mantel nicht viel länger benötigen würde.

Walker entledigte sich seines Mantels und hängte ihn neben die Tür.

„Sie könnte allerdings weglaufen, Luke."

„Oh?", fragte er seinen Bruder.

Walker blickte mich unverwandt an, aber ich runzelte nur verwirrt die Stirn. Ich würde bei diesem Schnee nirgends hingehen.

„Ich denke, wir werden sie festbinden müssen."

Da klappte mir die Kinnlade runter, denn mir fiel ein, dass ich ihnen erzählt hatte, ich wolle gefesselt und genommen werden.

Luke grunzte. „Mmh, ja. Wenn wir wissen, dass sie nicht fliehen kann, müssen wir ihren Hintern mit dem nächsten Plug vorbereiten, denke ich."

Eine verrufene Frau

Bei der Vorstellung zog sich meine Pussy zusammen.

„Wir werden sie vorbereiten und ficken. Wieder und wieder. Dieser Schnee hört vielleicht für die nächsten Tage nicht auf."

„Tage", bestätigte Luke.

Sie traten zu mir, legten ihre Hände auf die Knöpfe meines Mantels und meinen Hut.

Ich musste nirgends sein, musste nichts tun, außer das Zentrum ihrer Welt sein. Als sie anfingen, meinen Hals entlang zu küssen, meine Brüste zu umfassen und mir schmutzige Worte zuzuflüstern, wusste ich, dass ich nirgendwo anders sein wollte.

―――

Luke

Zwei Tage. Wir hatten Celia zwei perfekte Tage für uns allein. Zwei Tage, die wir mit ihr in meinem Haus verbracht hatten und während derer wir sie zum Zentrum unserer Welt gemacht hatten. Wir hatten geschlafen, gefickt, geredet. Wir hatten uns gegenseitig kennengelernt. Ich wusste jetzt, dass sie keine Zwiebeln mochte und zum Schlafen gerne Socken trug. Während sie zwar nackt zwischen uns lag – wir genossen beide das Gefühl ihres nackten Körpers, der sich gegen uns presste – steckten ihre Füße in einem Paar meiner dicken Socken.

Es gab keine Besucher, niemand schien Interesse daran zu haben, die Frau kennenzulernen, die ich geheiratet hatte und nun mit Walker teilte. Sie würden allerdings bald auftauchen, da Walker zu seinem Haus gelaufen war, um ein paar seiner Klamotten zu holen. Vor unserem Aufbruch nach Denver hatten wir beschlossen, dass wir in meinem Haus – jetzt unserem Haus – leben würden und Walker musste erst noch vollständig einziehen. Wenn der Frühling kam, würden wir sein Haus verkaufen. Er war in der Stadt zweifellos gesehen worden und jeder wusste nun von unserer Rückkehr. Ich schätzte, dass wir drei Stunden hatten, bevor die Neugierigsten an die Tür klopfen würden.

Die Reise über den Pass war gefährlich gewesen, der Schneefall heftig und der Wind hatte für fast schneesturmartige Bedingungen gesorgt, aber Slate Springs war vom Schlimmsten verschont geblieben. Das Wetter in den Bergen war unberechenbar und ich freute mich, dass ich beim Blick aus dem Fenster nur einige Zentimeter Schnee auf dem Boden sehen konnte. Die Morgensonne war hell und brachte den vorhandenen Schnee zum Glitzern. Im Haus füllte der Duft von Kaffee und gebratenen Kartoffeln die warme Luft. Der Eisenofen wärmte den Raum und ich genoss es, Celia nur in meinem Hemd und Socken zu sehen.

„Siehst du das Seil, Schatz?"

Sie drehte sich vom Ofen weg und sah aus dem hinteren Fenster, wobei sie wegen der Helligkeit ihre Augen zusammenkniff.

„Es ist zwischen der hinteren Veranda und dem Stall gespannt. Wenn es zu stark schneit, um den Stall sehen zu können, musst du dich daran festhalten und es zur Orientierung nutzen, andernfalls könntest du dich verirren."

„Verirren?" Sie runzelte die Stirn. „Es sind doch nur, was, fünf Meter bis zum Stall?"

„Mmh", murmelte ich und stimmte ihrer Schätzung zu. „Was das betrifft. Letztes Jahr hat Mr. Demer eines Nachts seine Pferde gefüttert und am nächsten Morgen fanden sie ihn acht Meter entfernt von seiner Hintertür. Er war nach draußen gelaufen, hatte sich in die falsche Richtung gewandt und fand nicht mehr zurück. Der Schneefall war so dicht, dass er nicht einmal das Küchenlicht sehen konnte."

Ihre Augen weiteten sich. „Er starb?"

Ich nickte. „Wenn du während eines Sturms in den Stall gehst, hältst du das Seil fest und lässt es nicht mehr los. Du folgst ihm einfach in egal welche Richtung und suchst Schutz. Alles klar?"

„Ja, Luke."

Eine verrufene Frau

„Gut, denn ich kann deinen Hintern nicht versohlen, weil du nicht auf mich gehört hast, wenn du tot bist."

Bei der Vorstellung, dass Celia draußen verloren bei schlechtem Wetter herumirren könnte, lief es mir kalt über den Rücken, sogar in der warmen Küche.

Walker trat ein, stampfte dann seine Stiefel aus und schüttelte seinen Mantel ab.

„Ich habe nach Mr. Bernard gesehen." Als er sich nach vorne beugte, um Celia zu küssen, fügte er für sie hinzu: „Er wohnt im Haus nebenan." Nebenan war über hundert Meter entfernt, aber dennoch war er der nächste Nachbar. „Er ist Witwer und wird so langsam alt. Wir stellen sicher, dass er genug gehaktes Holz neben seiner Tür hat, damit er seinen Kamin entzünden kann. Und andere Dinge." Walker sah zu mir. „Ich nehme an, dass wir bald Besuch bekommen werden."

Ich blickte finster drein, da ich wusste, dass bald die gesamte Stadt über uns hereinbrechen würde. Walker konnte nicht durch die Stadt laufen, ohne bemerkt zu werden und ich wusste, dass alle begierig waren, herauszufinden, wen der Bürgermeister gemäß des neuen Gesetzes geheiratet hatte. Mit seinem Bruder.

Wie es Celia in der ersten Nacht im Hotelzimmer in Denver gesagt hatte, war sie das Experiment und jeder würde anders über sie denken. Es würde diejenigen geben, die sie verurteilten, die sie und unsere Ehe kritisierten. Sie würden sie wahrscheinlich sogar für eine Hure halten, weil sie mit zwei Männern schlief. Aber es war unsere Aufgabe, sie davor zu schützen, sie nicht nur vor ihren Problemen, wie dem Bastard Carl Norman, zu beschützen, sondern auch vor den Problemen, die ich und Walker mitbrachten.

Wir mussten einfach hoffen, dass der Übergang glatt vonstatten gehen würde. Ich war nicht nur der Bürgermeister, sondern besaß auch eine Mine, die es zu leiten galt und ich konnte nicht für immer zu Hause bleiben.

„Macht ihr euch Sorgen, was die Leute denken werden?", fragte Celia, während sie gebratene Kartoffeln in eine Schüssel schöpfte.

Ich sah die Sorge in ihrem Gesicht.

„Ich mache mir Sorgen darüber, was die Leute von dir denken werden", gestand Walker, nahm ihr die Schüssel ab und stellte sie auf den Tisch. „Aber wir werden uns nicht verstecken, Kleines. Wir werden nicht verstecken, was wir miteinander haben. Ich denke, es ist ziemlich besonders, oder nicht?"

Daraufhin errötete sie, aber nickte.

„Er spricht nicht davon, wie wir dich beide ficken, Schatz."

Walker grinste.

„Wir werden niemandem offenbaren, wie wir dich teilen", erklärte ich, wobei mich meine besitzergreifende Seite fast zum Knurren brachte. „Das ist privat. Niemand wird dich so zu sehen bekommen, wie wir es tun. Niemand."

„Besonders nicht so wie vorhin, als du den Plug in deinem Hintern hattest."

Ihre Röte vertiefte sich noch und sie wandte sich wieder dem Herd zu. Ich dachte daran, wie der Plug ihre Pobacken erst vor kurzem so hübsch geteilt hatte und musste meinen Schwanz in der Hose verlagern. Er war sofort hart geworden. Zur Hölle, ich war immer hart für sie. Sie nahm den größeren Plug mittlerweile gut auf und konnte sogar gefickt werden, während er tief in ihr steckte. Schon bald würden wir sie gemeinsam nehmen können, dann würden wir wahrhaftig zu einer Einheit verschmelzen.

„Luke ist unersättlich", meinte Walker lächelnd und schüttelte seinen Kopf. „Ich meinte, unsere Ehe ist besonders, Kleines. Was wir miteinander haben, die Verbindung, ist einzigartig, ganz egal, ob es zwei oder einen Ehemann gibt. Ich werde das von niemandem schlecht machen lassen."

Celias Blick wurde bei seinen Worten weich und ihr Lächeln schon fast sehnsüchtig. Ich stimmte Walker von ganzem Herzen zu.

„In Ordnung", erwiderte sie, dann hielt sie inne, während sie blicklos auf den Tisch starrte. „Glaubt ihr…glaubt ihr, Carl hat es in die Stadt geschafft?"

Als sie mir ihren Kopf zuwandte, erkannte ich Sorge in ihren Augen.

„Ich weiß nicht, ob der Pass jetzt eingeschneit ist. Der

Schneefall war dort oben schlimm, als wir durchgereist sind, aber er könnte aufgehört haben."

Ich wollte ihre Ängste beruhigen, aber ich konnte es nicht.

„Ein Fremder bleibt in einer Stadt dieser Größe nicht unbemerkt, Kleines. Wenn er hier ist, werden wir ihn finden."

Walker lief neben Celia und drückte ihre Schulter.

„Wir werden herausfinden, ob der Pass geschlossen ist und ob ihn jemand von denen, die heute vorbeikommen, gesehen hat."

„Du glaubst wirklich, dass die Leute so an unserer Ehe interessiert sind?", fragte sie und setzte sich an den Tisch.

Ich sah zu Walker und er grinste.

„Definitiv."

15

elia

WIR BEKAMEN BESUCH, GENAU WIE ES DIE MÄNNER ERWARTET hatten. Zuerst Mr. Bernard von nebenan, der sich laut Walker in seinen Sechzigern befand. Auch wenn er ziemlich fit wirkte, waren seine Hände vom Rheuma gekrümmt und ich ging davon aus, dass es ihm schwerfiel, manche Aufgaben zu erledigen. Ich war froh zu hören, dass Walker bei ihm vorbeigeschaut hatte, um ihm Hilfe anzubieten. Er war freundlich und neugierig gewesen, aber war nicht lang geblieben. Dann kamen die Johnsons, die Rands und anschließend eine kleine Gruppe der Kirche. Bis auf die Stadtneuigkeiten – der Pass war tatsächlich geschlossen – sagte zwar niemand etwas direkt zu mir, aber ich bezweifelte nicht, dass sie über mich flüsterten, als sie sich mit ihren Hüten tief ins Gesicht gezogen auf den Rückweg machten.

Das war nichts, an das ich nicht gewöhnt wäre. Während der letzten Wochen, die ich in Texas verbracht hatte, waren das Geflüster und die Blicke unerträglich gewesen. Aber ich hatte auch niemanden gehabt, der mich beschützt hatte, wie es jetzt der Fall war. Sowohl Luke als auch Walker blieben die gesamte Zeit an meiner Seite, ließen mich nicht einmal allein.

Als ein anderes Paar, den Weg zum Haus hochlief, fluchte Luke unterdrückt. Ich wusste nicht, warum es ihm so missfiel, ihnen die Tür zu öffnen. Ich spürte es einfach nur.

Luke ließ sie rein, aber viel weniger herzlich als bei den anderen. Er war ein kleiner, rundlicher Mann ähnlichen Alters wie Luke und Walker. Die Haare, die er noch auf dem Kopf hatte – er war fast kahlköpfig – waren blond. Die Art und Weise, mit der er mich mit seinen Knopfaugen anstarrte, misstrauisch und griesgrämig, machte mich nervös. Die anderen, die vorbeigekommen waren, waren zwar neugierig gewesen, aber auch freundlich. Dieser Mann schien überhaupt nicht freundlich zu sein. Seine Frau war sogar noch kleiner als er, ihr Blick nach unten gewandt und ihre Schultern eingezogen.

„Thomkins, dürfen wir dir unsere Ehefrau Celia vorstellen?"

„Wie geht es Ihnen?", erwiderte er. „Meine Frau, Agnes."

Agnes sah mich kurz an und ein schwaches Lächeln huschte über ihr Gesicht, bevor sie wieder zu Boden blickte. Ich hielt sie für schüchtern, bis ihr Ehemann sprach: „Agnes hat sich gefragt, wie eure Ehe vollzogen worden ist."

Die Frau saugte scharf die Luft ein und blickte zu ihrem Mann, aber schwieg. Nein, sie war nicht schüchtern. Sie war eingeschüchtert, darauf trainiert, ihrem Ehemann nicht zu widersprechen, selbst wenn er Lügen erzählte. Ich hegte keinerlei Zweifel daran, dass es nicht die demütige Frau war, die wissen wollte, wie Luke, Walker und ich fickten. Wenn ich mir den widerlichen Mr. Thomkins so ansah, musste ich mich fragen, ob sie ihre Ehe tatsächlich vollzogen hatten.

„Thomkins", warnte Luke.

„Du weißt, ich habe nicht für das Gesetz gestimmt", begann er.

Walker seufzte, aber schwieg.

„Es jetzt in Aktion zu sehen, wird die Moral unserer Stadt verändern."

„Ja, wir sind uns bewusst, dass nicht jeder für das Gesetz war", entgegnete Luke. „Aber das hier ist eine demokratische Stadt, auch wenn sie klein ist. Jeder hatte eine Chance, seine Meinung kundzutun und der Stadtrat hat abgestimmt."

Eine verrufene Frau

„Du weißt das", sagte Walker. „Du warst bei allen Treffen anwesend."

„Ja, aber was ist mit der Kirche? Den Kindern?"

„Wir haben keine Kinder. Noch nicht", antwortete Luke. „Gib uns mehr als eine Woche, um uns darum zu kümmern."

Ich errötete.

„Ich meinte nicht eure Kinder. Ich meinte die Kinder in der Stadt. Was werden sie denken?"

Walker stellte sich hinter mich, legte eine Hand auf meine Schulter, die andere auf meine Hüfte. „Dass wir unsere Frau lieben, dass wir sie ehren, sie respektieren und ganz sicher nicht beschämen."

Der letzte Teil war nicht an mich gerichtet, sondern ein Seitenhieb gegen Mr. Thomkins. Ich mochte ihn nicht, kein bisschen. Er hatte es mir sehr leicht gemacht, so zu empfinden. Agnes tat mir leid. Die arme Frau musste mit dem Mann leben.

„Wir werden nicht bleiben und mehr von eurer Zeit in Anspruch nehmen. Wir sind mit Reverend Carnes und seiner Frau zum Abendessen verabredet."

Ich kannte das religiöse Paar nicht, aber ich ging davon aus, dass sie genauso unfreundlich sein würden. Ich konnte mir vorstellen, wie die vier dasaßen und über uns tratschten, während sie gekochte Kartoffeln und Schmorbraten aßen.

„Dann lass dich von uns nicht aufhalten." Luke ging zur Tür und öffnete sie, womit er deutlich machte, dass er genauso begierig war, dass sie gingen.

Thomkins stürmte hinaus und überließ es seiner Frau, ihm zu folgen. Sie schenkte mir ein kleines Lächeln, bevor sie nach draußen auf die Veranda trat. Da sie sich nirgends festhalten konnte, rutschte sie aus und fiel hin. Sie landete auf ihrem Po, aber hatte eine Hand ausgestreckt, um ihren Fall zu bremsen. Sie schrie bei dem plötzlichen Sturz schmerzerfüllt auf.

Luke kniete sich sofort neben sie, während Mr. Thomkins vorsichtig über den verschneiten Weg zurücklief.

„Agnes", sagte er, aber es schwang mehr Frustration als Sorge in diesem Wort mit.

Sie hielt ihren Arm an die Brust und ihr Gesicht war

schmerzhaft verzogen. Ich kniete mich vor sie und sah in ihre Augen. „Agnes, ich bin Krankenschwester. Kann ich mir deine Hand ansehen?"

Vielleicht war es mein sanfter Tonfall oder die Tatsache, dass sie solche Schmerzen empfand, aber sie streckte ihren Arm von ihrem Körper weg. Ihre Hand war gekrümmt und ihr kleiner Finger, der neben den anderen in einer Reihe liegen sollte, stand in einem seltsamen Winkel zur Seite. Er war gebrochen.

„Ich bin mir sicher, dass du sehen kannst, dass dein Finger gebrochen ist."

„Ich werde dich zu Doktor Deeter bringen", verkündete Mr. Thomkins. Luke, Agnes und ich sahen zu dem Mann hoch. Er wollte sich nicht einmal bücken, um seiner Frau zu helfen.

„Celia ist Krankenschwester", erklärte Luke.

Thomkins Augenbrauen hoben sich in seinem speckigen Gesicht. „Eine Frau soll Agnes helfen? Sie bekommt kein Baby. Ihr Finger ist gebrochen."

„Das können wir alle sehen, Thomkins", fauchte Walker. „Lass Celia helfen, damit Agnes nicht länger als nötig Schmerzen leiden muss."

Thomkins schürzte seine Lippen.

„Woher soll ich wissen, dass Sie wirklich Krankenschwester sind?", fragte er mich.

„Das können Sie nicht", antwortete ich, dann ignorierte ich ihn. Agnes musterte mich nervös. „Ich bin Krankenschwester und ich kann dir helfen. Lass uns zurück nach drinnen gehen, wo es wärmer ist."

Ich sah über meine Schulter zu Luke und er nickte. Er wandte sich dann an Mr. Thomkins, um mit ihm dessen Frau zurück ins Haus zu bringen. Als sie auf dem Sofa saß, setzte ich mich neben sie und hielt behutsam ihre Hand.

„Dein Finger ist nur ausgekugelt, nicht gebrochen. Wir müssen ihn wieder einrenken."

„Wird es wehtun?", fragte sie, wobei ihre Stimme demütig und schmerzerfüllt klang.

Mr. Thomkins schnaubte, aber ich ignorierte das.

Eine verrufene Frau

„Ja", antwortete ich. Sie verdiente die Wahrheit. „Mr. Thomkins, erlauben Sie, dass Ihre Frau etwas Whiskey trinkt?"

Seine Augen weiteten sich. Bis zu diesem Zeitpunkt hatte ich nicht bemerkt, dass er Hängebacken hatte, aber jetzt schüttelte er sie und dadurch bemerkte ich, wie sie wackelten. „Whiskey? Nun sehen Sie mal – "

„Sie wird nicht vom Teufel befallen werden, sondern nur die Schmerzen betäubt", erklärte Walker ihm.

„Ich brauche keinen Whiskey", mischte sich Agnes ein. „Ich habe drei Kinder auf die Welt gebracht, eines davon eine Steißgeburt."

Ich erbleichte bei dem Gedanken an die Schmerzen, die sie durchgestanden haben musste. Ich hatte bei zahlreichen Geburten assistiert und wusste, was eine Frau bei einer Geburt durchlitt, aber eine Steißgeburt? Ich verzog das Gesicht und schätzte sie glücklich, dass sie überlebt hatte. Wo waren die Kinder? Bei einem Kindermädchen, Großmutter? Oder waren sie alt genug, um allein zu bleiben? Weder Walker noch Luke erkundigten sich nach ihnen, also ging ich davon aus, dass es ihnen gut ging. Ich war mir sicher, ich würde sie in der kleinen Stadt schon bald kennenlernen und mich selbst davon überzeugen können.

„Bist du dir sicher?"

Sie nickte, dann sah sie mir in die Augen. Jetzt verhielt sie sich nicht mehr demütig. Der Schmerz war etwas, das sie kontrollieren konnte, über das sie Macht hatte. Anders als bei dem herrischen Gehabe ihres Ehemannes, war das hier ihre Entscheidung.

„In Ordnung. Ich werde an deinem Finger ziehen, damit ich ihn drehen und die Knochen wieder in die richtige Position bringen kann."

Ich zögerte nicht, gab ihr keine Chance, die Meinung zu ändern. Ich zählte nicht. Sondern tat einfach, was ich gesagt hatte und richtete rasch ihren Finger. Sie zischte laut auf, aber bewegte sich nicht.

„Fertig." Ich stieß die Luft aus, die ich angehalten hatte. „Luke?"

„Ja?", antwortete er sofort.

„Ich brauche einige Stoffstreifen, um ihre Finger zusammenzubinden."

Er drehte sich um und verließ das Zimmer.

Agnes war bleich, ihre Lippen schmerzerfüllt zusammengepresst und Schweiß stand ihr auf der Stirn, aber sie war ruhiger.

„Dein Finger wird während der nächsten Tage noch schmerzen. Beweg ihn nicht."

Luke kehrte zurück und reichte mir einen dünnen Streifen weiße Baumwolle. Ich lächelte ihm zu und wickelte sanft ihren verletzten Finger ein und dann den daneben, wodurch ich sie zusammenband.

„So." Ich schenkte ihr ein leichtes Lächeln. „Das sollte den Finger fixieren. Lass dir auf vereisten Flächen von deinem Mann helfen, damit das nicht wieder passiert."

Auch wenn es so klang, als würde ich sie tadeln, weil sie allein hinausgegangen war, war es ein direkter Seitenhieb gegen Mr. Thomkins, weil er kein Gentleman gewesen war.

Agnes erhob sich und hielt ihre verletzte Hand mit der anderen vor die Brust. „Dankeschön, Celia. Herzlich willkommen in der Stadt."

Thomkins machte ein seltsames Geräusch in seiner Kehle. „Wir kommen zu spät zu dem Abendessen."

Mit einem letzten Blick zurück schenkte mir Agnes ein Lächeln, während sie aus dem Haus geführt wurde.

„Zumindest hält er jetzt ihren Arm fest", meinte Walker, der sie aus dem Fenster beobachtete.

Ich stellte mich neben ihn, um sie zu beobachten und er schlang einen Arm um meine Taille. „Das ist kein netter Mann."

„Dieser 'nicht-nette' Mann will Bürgermeister sein", entgegnete Walker.

Ich sah zurück zu Luke und mir wurde klar, dass er nur Bürgermeister war, um Mr. Thomkins von dem Posten fernzuhalten. „Du hast die Stelle nur angenommen, damit er sie nicht bekommt?"

Luke zuckte mit den Schultern.

„Du wurdest wegen ihm gezwungen, mich zu heiraten?"

Ich konnte nicht anders, als panisch zu werden, da ich nun den wahren Grund für unsere Verbindung kannte. Er hatte es mir zuvor schon erzählt, aber hier in Slate Springs zu sein, machte es viel realer.

„Ja", erwiderte Luke ehrlich. Er stellte sich auf meine andere Seite, sodass ich wieder einmal von meinen zwei Männern umringt war. „Was Thomkins allerdings nie erfahren wird, ist, dass ich ihm meinen Dank schulde."

Ich runzelte verwirrt die Stirn.

„Ansonsten hätte ich dich nicht."

„Wir", korrigierte Walker, „wir hätten dich sonst nicht."

WIR WACHTEN ZU DEM ANBLICK VON SCHNEE AUF. JEDER MENGE Schnee. Genauso wie bei dem Schneesturm auf dem Pass neulich. Als wir ihn überquert hatten, war es dort unfassbar kalt und windig gewesen und ich war dankbar dafür gewesen, mich in Walkers Armen zu befinden. Ich hatte noch nie zuvor einen Sturm wie diesen erlebt. Und jetzt gab es einen weiteren. Ich wusste, dass ich mich noch vor Ende der Jahreszeit an den Schnee in Slate Springs gewöhnt haben würde. Glücklicherweise befand ich mich sicher im Haus und wenn die abgebrannten Feuer erst einmal wieder mit Holz aufgefüllt worden waren, würde das Haus auch wieder warm sein. Ich stand am Fenster, während ich an Walkers Hemd zupfte. Keiner der Männer erlaubte mir, mehr als Socken ins Bett anzuziehen, aber wenn ich mich nicht vollständig bekleiden musste, genoss ich es, ihre bequemen Klamotten zu tragen. Ihre Hemden rochen nach ihnen, ihr Duft erinnerte mich daran, dass ich zu den beiden gehörte. Lächerlich, ja, aber es war beruhigend.

„Schnee", murmelte Luke vom Bett aus. Ihm konnte der heulende Wind oder das Weiß nicht entgehen.

„Es ist schaurig schön", erwiderte ich und blickte über meine Schulter zu meinen Männern.

Luke lag auf einer Seite auf seinem Bauch. Eine leere Stelle befand sich zwischen ihnen, wo ich geschlafen hatte und Walker lag auf der anderen Seite auf seinem Rücken mit einem Arm über seinem Kopf. Die Körper beider Männer waren bis zur Taille bedeckt und ich genoss den Anblick. Nur ich durfte sie so zerzaust sehen, durfte die wahren Männer hinter der ritterlichen Fassade kennenlernen. Sie waren zwar Gentlemen, aber auch ziemlich wild und verrucht.

„Wenn wir nicht gestern gehört hätten, dass der Pass dicht ist, dann hätte ich es spätestens jetzt mit Sicherheit gewusst", meinte Walker und rieb sich mit einer Hand übers Gesicht. Das Kratzen seiner Morgenstoppeln war unüberhörbar.

Ja. Wie sollte jemand bei diesem Wetter reisen können? Wenn es bereits in der Stadt so stürmisch war, die viel niedriger lag als der Pass, dann konnte ich mir die Bedingungen dort oben nur vorstellen.

„Ich werde losziehen und mich vergewissern müssen, dass jeder den Schneeplan befolgt." Luke kletterte aus dem Bett und zog sauber Kleider aus seiner Kommode.

„Schneeplan?", fragte ich, rannte und hüpfte zurück ins Bett, weil ich wusste, dass es von Lukes Körper noch immer warm sein würde. Ich zog die Decke zu meiner Taille hoch, als er über seine Schulter zu mir sah und grinste.

„Sicherstellen, dass alle in der Stadt in Sicherheit sind, genug Holz in der Nähe haben, um das Haus warm zu halten und nicht draußen im Schnee umher wandern müssen", erklärte Luke. „Manchen der Älteren muss Essen gebracht werden. Um ihre Tiere muss man sich manchmal auch kümmern."

„Wie Mr. Bernard. Da wir die nächsten sind, werde ich zu ihm gehen und nach ihm sehen, sicherstellen, dass er alles hat, um den Sturm zu überstehen", fügte Walker hinzu.

Mir gefiel die Idee. Ich fand es klug, dass sich die Nachbarn umeinander kümmerten.

„Wie lange wird der Sturm dauern?"

Luke knöpfte sein Hemd zu. „Einige Stunden, einige Tage. Man weiß es nie."

„Miss Ester ist vierundachtzig", merkte Walker an. „Ihre

Eine verrufene Frau

Knochen schmerzen, wenn ein großer Sturm aufzieht. Sie kommt in dieser Gegend einer Wettervorhersage am nächsten."

Ich lächelte bei der Vorstellung einer alten Dame, die allen erzählte, dass schlechtes Wetter im Anmarsch war, weil ihre Knie schmerzten. Aber ich hatte in Texas auch von Leuten gehört, die auf diese Weise Regen vorhergesagt hatten, also zweifelte ich nicht daran.

„Nach einem Kaffee werde ich aufbrechen. Ich sollte in einigen Stunden zurücksein." Luke kam zu mir und küsste mich, dann ging er nach unten.

Walker zog mich in seine Arme. „Ich werde mich um die Pferde kümmern und dann nach Mr. Bernard sehen."

Ich wand mich in seiner Umarmung, sodass ich ihn ansehen konnte. „Ich werde mich um die Tiere kümmern, während du nach nebenan gehst."

„Bist du dir sicher?", fragte er.

„Ich weiß, was ich tue. Ich werde zurechtkommen."

Er strich mit einem Finger über meine Nase. „Ich zweifle nicht an deinen Fähigkeiten, Kleines. Ich mache mir Sorgen über dich in diesem Wetter. Das ist neu für dich."

Ich lachte. „Sehr neu. Ich hatte keine Ahnung, dass es so schneien kann. Mir wird's gut gehen. Luke hat mir von dem Seil, dem ich folgen soll, erzählt."

„Gut. Wenn wir mit unserer Arbeit fertig sind, werden wir uns wieder hier treffen." Er tätschelte das Bett. „Genau hier. Ich habe Pläne für dich."

Mein Körper wurde bei seinen Worten und dem heiseren Tonfall, mit dem er das Letzte aussprach, warm.

„Oh?", fragte ich. „Wir könnten…wir könnten sie auch jetzt in die Tat umsetzen."

Sein Finger glitt meinen Hals hinab und über die entblößte Haut, die das halbgeöffnete Hemd offenbarte. „Sie involvieren sowohl Luke als auch mich…und deinen wundervollen Hintern."

Mein Herz setzte einen Schlag aus. „Du meinst – "

„Wenn wir zurückkommen, werden wir dich erobern, Kleines. Gemeinsam. Dann wirst du ein für alle Mal die Unsere sein."

16

elia

LUKE WAR BEREITS GEGANGEN UND ICH BEOBACHTETE AUS DEM Fenster, wie Walker zu Mr. Bernard lief. Es dauerte weniger als eine Minute, bis er in dem Schneegestöber verschwand. Ich wollte, dass keiner von beiden ging, aber das war eine dumme Träumerei. Wir konnten uns nicht für immer in dem Haus verkriechen. Vielleicht war es das dunkle Versprechen dessen, was wir bei ihrer Rückkehr tun würden, dass in mir eine unglaubliche Sehnsucht nach ihnen weckte. Aber es gab Aufgaben, die erledigt und Nachbarn, denen geholfen werden musste. Bis das vollbracht worden war, würde ich warten müssen, egal wie ungeduldig ich war.

Es dauerte einige Zeit, bis ich die Stiefel, Mantel, Handschuhe und eine Mütze aufgesetzt hatte, aber ich wusste, dass ich ohne sie nicht aus dem Haus gehen konnte, nicht einmal die kurze Distanz zur Scheune. Ich holte tief Luft und öffnete die Hintertür, aber die Kälte presste mir die Luft direkt aus den Lungen. Die Augen vor dem herumwirbelnden Schnee zusammenkneifend, kehrte ich dem Wind den Rücken zu und schloss die Tür hinter mir.

Ich hatte noch nie zuvor eine solche Kälte gespürt. Selbst die Überquerung des Passes war nicht so kalt gewesen, da Walker in meinem Rücken gesessen und mich eine Decke vor der Kälte geschützt hatte. Meine Wangen brannten und meine Augen tränten. Es gab keinen Grund, mich länger als nötig hier aufzuhalten, weshalb ich vorsichtig von der Veranda stieg und hinüber zur Scheune blickte. Ich konnte sie problemlos erkennen und rannte zu ihr, wobei meine Schritte im Schnee ziemlich wacklig ausfielen. Als ich die Scheunentür endlich hinter mir schloss, war ich erschöpft und mein Mantel voller Schnee.

Während ich meine Stiefel ausstampfte, strich ich mir den Schnee von meinen Schultern und Armen. Die Scheune war kalt, aber ohne den Wind wirkte sie im Vergleich schon fast warm. Der Duft von Stroh und Tieren hing schwer in der Luft. Nachdem ich meine Handschuhe ausgezogen hatte, ging ich in die erste Box und rieb über die Nüstern von Atlas, Lukes Pferd. Als ich ihm etwas zumurmelte, schnaubte er. Unser beider Atem schwebte als kleine weiße Wölkchen vor uns.

Schritte auf dem festgetrampelten Boden ließen mich herumfahren. Für eine Millisekunde dachte ich, es wäre Walker, der bereits von Mr. Bernard zurückgekommen war. Aber ich hatte nicht gehört, dass sich die Tür geöffnet hatte und er würde mich nicht so überraschen.

Vor mir stand Carl Norman. Ich keuchte bei seinem Anblick auf. Er war nicht mehr der selbstbewusste, saubere Mann, der mich in Texas belästigt hatte. Er trug einen dicken Wintermantel, keine Handschuhe und hatte an Stelle eines Hutes einen Schal um seinen Kopf gewickelt. Er hatte sich in letzter Zeit wohl auch nicht mehr rasiert, da auf seinem Kiefer die dunklen Haare eines Bartes sprossen. Seine Wangen waren eingefallen und rot, seine Augen schmal und wild. Keine einzige Schneeflocke zierte ihn, was bedeutete, dass er bereits in der Scheune gewesen war. Hatte er auf mich gewartet? Hatte er hier Schutz vor dem Schnee gesucht?

„Ich habe dir doch gesagt, dass ich dir folgen würde", spuckte

Eine verrufene Frau

er aus. „Dass ich dich einholen und dich zur Rechenschaft ziehen würde."

Ich schluckte meine Angst hinunter. Das war kein geistig gesunder, vernünftiger Mann.

„Mein...mein Ehemann ist im Haus. Er erwartet mich." Ich war überrascht, dass ich die Worte überhaupt herausbrachte, da sich mein Mund ganz taub anfühlte. Ich hatte so große Angst, dass meine Knie zitterten. Mein Herz schlug so fest, dass das Atmen schmerzte.

Carl schüttelte langsam seinen Kopf. „Ich hab gesehen, wie sie gegangen sind. Ja, *sie*. Du hast zwei Männer geheiratet. Gibst dich ihnen hin wie eine Hure. Kein Wunder, dass dein Arzt-Ehemann mit einer anderen ins Bett ist."

Als er mich in Texas konfrontiert hatte, hatte er behauptet, ich wäre zu frigide gewesen, um John zu befriedigen. Jetzt verdrehte er seine Begründung einfach ins Gegenteil. Offensichtlich war er nicht ganz richtig im Kopf. Und ich war allein mit ihm.

„Was...was willst du?", fragte ich.

„Gerechtigkeit walten lassen." Er trat zur Scheunenwand und nahm sich ein aufgerolltes Seil vom Haken. „Du wirst hängen, genauso wie Neil."

Er wickelte das Seil auf, ließ das längste Stück auf den Boden zu seinen Füßen fallen und begann, eine Schlinge zu formen. Ich würde sterben und Luke und Walker konnten mich nicht retten.

WALKER

„Das Wetter ist recht schlimm", meinte Mr. Bernard. Mit einem Lappen nahm er die Kaffeekanne vom Herd und füllte zwei Tassen. Trotz seines Rheumas waren seine Hände noch stark genug, um sie sicher zu fassen und ich bot ihm keine Hilfe an. Ich hatte mehrere Holzladungen von der angebauten Scheune herbeigetragen und neben der Hintertür gestapelt. Ich hatte auch mehrere Ladungen neben den Herd in der Küche deponiert. Er würde bis morgen nicht mehr rausgehen müssen, um mehr Holz zu holen. Ich hatte Angst, dass er auf dem glatten Boden ausrutschen könnte und da niemand in der Nähe war, der ihn finden würde, würde er schnell erfrieren.

Ich warf einen Blick aus dem Fenster in Richtung des Hauses. Es war nicht länger nur Lukes Haus, sondern *unser* Haus. Das Haus, das wir mit unserer Frau teilten und hoffentlich auch bald mit Kindern. Ich erhaschte einen Blick auf die Laterne im Küchenfenster, aber dann wurde meine Sicht auch schon wieder von dem durch die Luft wirbelnden Schnee verdeckt. „Ja, ich sollte zurückgehen, damit ich hier nicht noch eingeschneit werde."

Er reichte mir mit einem wissenden Lächeln eine Tasse. „Warum würdest du auch hier bei mir bleiben wollen, wenn eine reizende Frau auf dich wartet?"

In der Tat, warum?

Ich grinste und antwortete ehrlich: „Es ist anders, als ich es mir vorgestellt habe."

„Sie mit deinem Bruder zu teilen? Das kann ich mir vorstellen." Er trank einen Schluck, dann setzte er sich an seinen kleinen Tisch. „Ich erinnere mich noch daran, als ich Lydia geheiratet habe." Seine Augen blickten auf die Tasse in seinen Händen, aber ich wusste er sah die Vergangenheit. „Eine Frau verändert einen Mann. Weckt in ihm den Wunsch nach mehr. Mehr zu sein. Und wenn du erst Kinder hast…"

Mrs. Bernard war vor mehreren Jahren gestorben und ihre Kinder waren bereits Erwachsen. Ein Sohn lebte mit seiner eigenen Familie in Jasper, der andere hatte sich in Denver niedergelassen. Keiner von beiden hatte in Slate Springs bleiben wollen, da es nicht genug Arbeitsplätze gab. In den Sommermonaten besuchte Mr. Bernard sie und blieb bei jedem für einige Wochen. Aber durch den geschlossenen Pass war er im Winter von ihnen abgeschnitten.

„Ich wollte zuvor nie Kinder, aber mit Celia möchte ich welche."

„Dann gehst du besser nach Hause und fängst damit an." Mr.

Bernard zwinkerte mir zu und ich spürte, wie meine Wangen heiß wurden. „Aber ihr habt ja Besuch. Ich würde meinen, dass das den Dingen einen Dämpfer verpasst."

Ich runzelte die Stirn.

„Besuch?"

„Der Mann. Der Freund deiner Frau."

Ich stellte meine Tasse mit einem lauten Knall ab, wodurch der Kaffee über den Rand und auf meine Hand schwappte. Ein übles Gefühl breitete sich in meinem Magen aus. „Beschreib ihn mir."

Seine Augen weiteten sich und jeglicher Humor wich bei meinem Tonfall aus seinem Gesicht. „Ein bisschen kleiner als du, dunkle Haare. Braungebrannt."

„Das ist kein Freund", erklärte ich ihm, während ich meinen Mantel schnappte und ihn zuknöpfte. Mein Herz klopfte wild und ich versuchte, ruhig zu bleiben, obwohl ich wusste, wer bei Celia im Haus war.

„Wer ist er dann?" Mr. Bernard erhob sich und ging, um sein Gewehr zu holen, das er hinter der Tür aufbewahrte.

„Ärger aus Texas."

Er drückte mir das Gewehr in die Hände. „Es tut mir leid. Das wusste ich nicht. Er kam gleich heute Morgen vorbei. Er hatte nicht einmal einen Hut. Ich hab ihm einen meiner alten Schals gegeben."

Ich nickte ihm knapp zu und öffnete die Hintertür. „Nicht deine Schuld. Aber ich muss meine Frau retten."

CELIA

CARL STELLTE AUS DEM SEIL MIT EINER GENAUIGKEIT EINE Schlinge her, bei der sich mir die Nackenhaare aufrichteten. Hatte er zuvor schon mal eine gemacht, um jemanden zu hängen oder hatte er extra für mich geübt?

„Was, wenn Walker oder Luke hierhergekommen wären, um sich um die Tiere zu kümmern?", wunderte ich mich.

„Ich hätte dich trotzdem bekommen", erwiderte er. Ich musste davon ausgehen, dass er sie, ohne mit der Wimper zu zucken, töten würde, um mich in die Finger zu bekommen.

„Du wirst erwischt werden", warnte ich ihn.

Er sah für eine Sekunde von seiner Arbeit auf. Seine Augen funkelten wahnsinnig. „Das ist egal. Bis dahin habe ich für Gerechtigkeit gesorgt."

Er war gewillt zu sterben, akzeptierte es sogar.

„Du bist den ganzen Weg von Texas hierhergekommen, nur um das zu tun?"

„Du hast Neil *ruiniert!*", schrie er. „Ihn zerstört."

„Seine Frau hat das ganz allein geschafft", entgegnete ich.

Er schüttelte seinen Kopf und vollendete die Schlinge.

„Du konntest deinen Ehemann nicht befriedigen. Er ist mit Neils Frau fremdgegangen."

Mit ihm konnte man nicht vernünftig diskutieren. Es war die Mühe nicht wert. Er war so weit gekommen, tausende Meilen, um mich umzubringen. Nichts, was ich sagte, würde ihn aufhalten. Daher musste ich handeln. Ich sah zur Tür und stürzte dorthin. Er packte meinen Arm und drehte mich zu sich.

„Oh nein", sagte er mit wilden Augen und Spucke am Kinn.

Er schob mich zurück und ich stolperte gegen die Wand. Die Luft wich aus meinen Lungen, als ich beobachtete, wie er sich mir mit dem Seil in der Hand näherte. Das lange Ende schleifte hinter ihm über den Boden, während die Schlinge vor ihm hin und her baumelte. Hier gab es genügend Balken und Gestänge, an denen er sein Vorhaben in die Tat umsetzen konnte.

Ich glitt die Wand entlang von ihm weg, das raue Holz im Rücken. Ich trat gegen eine Schaufel, wodurch ich sie umwarf. Ich bückte mich und hob sie auf. Der Holzgriff lag rau und schwer in meiner Hand. Ich hob die Schaufel hoch und streckte sie wie eine Waffe vor mir aus. Das war alles, was ich hatte. Eine Schaufel gegen einen Verrückten.

„Bleib zurück", sagte ich mit schmalen Augen. Mein Atem kam stoßweise.

Eine verrufene Frau

„Ich bin Ihr Richter und Geschworene in einem, Mrs. Lawrence. Ich erkläre Sie für schuldig für den Tod von Neil Norman. Sie werden zum Tod durch den Strick verurteilt."

Er trat näher und griff nach der Schaufel, aber ich zog sie aus seiner Reichweite. Da grinste er, trat noch näher, sodass mich seine Hände fast berührten. Das war sie, meine einzige Chance. Ich schwang die Schaufel mit meiner ganzen Kraft nach vorne und traf ihn gegen die Schulter.

Die Wucht schlug ihn zur Seite und er stolperte, fiel zu Boden. Der Schock des Aufpralls vibrierte durch meinen Arm, aber ich bemerkte es kaum. Ich ließ die Schaufel fallen, stürzte zur Tür und zog sie auf. Sie wurde mir von dem kräftigen Wind aus den Fingern gerissen und klatschte gegen die Wand. Meinen Kopf nach unten neigend, rannte ich hinaus in den Schnee und kniff die Augen zusammen, um nach dem Haus Ausschau zu halten.

Nichts. Der Wind war noch schlimmer geworden, der Schneefall dichter. Es gab keinen Pfad, meine Fußspuren von vor einigen Minuten waren schon lange verschwunden. Ich wusste, dass sich das Haus direkt vor mir befand, aber ich konnte es nicht sehen. Luke hatte recht gehabt, alles war zu einer einzigen weißen Wand verschmolzen. Ich dachte an den Mann, von dem er mir erzählt hatte, demjenigen, der direkt neben seiner Tür gestorben war. Das würde mir nicht passieren. Das durfte es einfach nicht.

Als ich zurücksah, konnte ich kaum die dunkle Form der Scheune ausmachen. Ich wusste, dass Carl dort drinnen war, dass ich ihn nicht allzu schwer verletzt hatte. Ihn nur geschockt hatte. Er würde mir sicherlich folgen. Er war verrückt. Völlig neben sich und nichts würde ihn stoppen. Da ich das wusste, würde ich nicht dorthin zurückkehren, selbst wenn das bedeutete, im Schnee zu sterben. Ich musste zum Haus gelangen. Dort würde ich zwar auch nicht in Sicherheit sein, aber ich würde zumindest den Sturm überleben.

Ich konnte nicht zu Mr. Bernard laufen, wo, wie ich wusste, Walker war. Denn auch wenn ich wusste, dass sein Haus zu meiner Linken lag, so kannte ich nicht den genauen Ort und es war einfach zu weit weg. Ich konnte nicht einmal geradeaus gehen, ohne –

Das Seil! Ich schaute nach oben, aber sah es nicht. Während mir der Schnee ins Gesicht peitschte, lief ich nach links und rechts auf der Suche nach dem Seil, von dem mir Luke erzählt hatte, von dem ich wusste, dass es da war. Es war mein einziger Wegweiser zum Haus. Es befand sich nur einige Schritte entfernt von mir und mein Herz machte bei seinem Anblick vor Freude einen Hüpfer. Nach oben greifend, umfasste ich es und rannte zum Haus, wobei ich mehrere Male im Schnee stolperte.

„Celia!"

Carls Stimme glich selbst im Wind einem Brüllen. Er folgte mir und war wütend. Oh Gott, er würde mich einholen. Ich bewegte mich schneller und rannte mehr oder weniger, um nach drinnen zu gelangen. Ich schaffte es zur Hintertür, ohne mich zu verlaufen, genau wie Luke es gesagt hatte. Als ich über meine Schulter sah, konnte ich Carl nicht sehen, aber ich hörte ihn. Er rief immer wieder meinen Namen, als ob er ein Gebet wäre. Ich schloss die Tür, so leise wie ich konnte, da ich Angst hatte, dass er es hören würde, wenn ich sie zuschlug und er dem Geräusch folgen würde. Es gab kein Schloss, da Slate Springs ja so sicher war und so hatte ich keine Möglichkeit, ihn auszusperren.

Gott, hatten sie sich darin geirrt! Gelächter drohte in mir aufzuwallen, während ich mich umsah und nach einem Versteck suchte. Ich rannte zur Treppe und sah aus meinem Augenwinkel das Gewehr, das über der Tür hing. Ich zog einen Stuhl heran, stieg hinauf und schnappte mir die schwere Waffe. Ich ging die Treppe hoch, wobei ich damit zu kämpfen hatte, gleichzeitig meinen Rock hochzuheben und die Waffe zu halten. Ich rannte in das zusätzliche Schlafzimmer und versteckte mich hinter der Kommode. Dort glitt ich an der Wand hinab, sodass ich mit den Knien an der Brust auf dem Boden saß. Mein Rücken drückte gegen die Wand und ich versuchte so ruhig wie möglich zu atmen, damit ich jedem Geräusch lauschen konnte. Wenn Carl gründlich genug suchte, würde er mich finden, aber zumindest war ich jetzt bewaffnet.

Ich hörte den Wind, das heulende Pfeifen, den Schnee, der

gegen das Fenster klatschte. Ich hörte meinen Namen einmal, dann noch einmal, dann nichts. Ich hatte keine Ahnung, wie lange ich dort mit angezogenen Knie und geladener Waffe saß, aber ich sprang auf, als sich die Eingangstür öffnete und gegen die Wand donnerte.

„Celia!" War das Walker?

„Celia!", schrie er wieder.

„Hier oben!", rief ich. Mein Herz pochte von neuem los, während ich mich vom Boden hochkämpfte. Seine Füße trampelten laut auf den Stufen, während er sie hinaufrannte.

„Celia!"

Ich rannte aus dem Zimmer und in den Flur. Dort stand Walker mit seiner eigenen Waffe in den Händen. Er war voller Schnee. Seine dunklen Haare waren vollständig weiß und da der Schnee schmolz, tropfte er über sein Gesicht. Sein Atem kam keuchend und seine Knöchel traten weiß hervor, weil er die Waffe so fest umklammerte. Seine wilden Augen huschten über mich.

„Kleines."

In diesem Moment sackte ich in mir zusammen. Die panische Energie, die mich aufgrund der Ereignisse durchströmt hatte, verflüchtigte sich. Meine Finger wurden taub, meine Knie weich und ich brach auf dem Boden vor seinen Füßen zusammen.

17

alker

Ich hatte das Haus auf meinem Rückweg zweimal aus den Augen verloren. Ich hatte versucht zu rennen, aber der Wind hatte mich ausgebremst. Ich hatte versucht, nicht vom Weg abzukommen, aber als das Haus in Sicht gekommen war, hatte ich bemerkt, dass ich leicht nach links gelaufen war und mich mitten auf der Straße befand. Auf meinem Weg zur Tür rutschte ich auf dem glitschigen Holz der Veranda aus. Ich dachte einzig und allein daran, zu Celia zu gelangen, während ich mich fragte, in welcher Art von Gefahr sie wegen dieses Mistkerls Norman schwebte. Der Mann musste verrückt sein, wenn er so weit gereist war, um eine Frau zu verfolgen, die keinen Anteil am Verbrechen seines Bruders hatte. Wir hatten versprochen, unsere Frau vor jeglichem Schaden zu beschützen und dennoch kam er direkt zu unserem Haus. Sie hatte sich selbst vor einem Verrückten verteidigen müssen. Allein.

Ich nahm ihr das Gewehr ab und ließ es neben sie auf den Boden fallen, dann schlang ich meinen Arm um Celia. Sie murmelte irgendetwas über Norman, der draußen war, dass er sie verfolgt hatte, aber nicht im Haus war.

Ich half ihr beim Aufstehen und führte sie in die Küche, wo ich mit dem Gewehr in der Hand aus dem hinteren Fenster nach dem Mistkerl Ausschau hielt. Wenn er es bis zum Haus schaffte, war er ein toter Mann. Wenn er draußen im Schnee war, war er bereits ein toter Mann. Er hätte in der Scheune Unterschlupf suchen können, was ich später mit Luke überprüfen würde.

Mein Bruder kehrte einige Minuten nach mir zurück, da er in der Stadt ausgerechnet von Thomkins von Normans Anwesenheit erfahren hatte. „Er hat erwähnt, dass Celias Bruder zu Besuch wäre." Er zog seinen Mantel aus und ließ ihn auf den Boden fallen, bevor er Celia auf seinen Schoß zog und sie festhielt. Ich bezweifelte, dass er das tat, um sie zu trösten, sondern damit er sich selbst vergewissern konnte, dass sie gesund und ganz und in Sicherheit war. Er atmete sie ein, genau wie ich es getan hatte, als ich sie im oberen Flur gehalten hatte.

„Ich fragte ihn, ob er mich verarschen wolle und seine Augen weiteten sich. Sagte, er würde mich immer noch nicht mögen oder was ich mit der Stadt mache, aber er würde Celia nichts tun." Luke küsste ihren Scheitel. „Ich schätze, du hast einen Bewunderer, weil du Agnes geholfen hast."

Celia antwortete nicht, sondern rieb nur ihre Wange an Lukes Brust. Jede Faser ihres Körpers war angespannt und ich wusste, sie würde sich nicht entspannen, bis wir wussten, was mit Norman passiert war. Genauso wenig wie ich. Genauso wenig wie Luke.

Wir würden nicht in die Scheune gehen und dem Mann gegenübertreten. Nicht im Sturm, also warteten wir. Ich sah aus dem Fenster und bemerkte sofort, als der Wind erstarb. Es dauerte zwei Stunden und auch wenn es weiterhin schneite, so wurde dennoch die Scheune langsam sichtbar. Wir mussten allerdings erst gar nicht mit den Gewehren in der Hand zum Außengebäude laufen, wie wir es vorgehabt hatten. Normans Körper bildete auf halbem Weg zum Haus einen dunklen Fleck auf dem weißen Boden. Da er mit dem Gesicht nach oben im Schnee ausgebreitet lag, war es offensichtlich, dass er tot war.

Ich drehte mich, sah zu Luke und deutete mit dem Kopf nach draußen.

Eine verrufene Frau

„Was?", fragte Celia und sprang wie ein Springteufel von Lukes Schoß.

„Sieh nicht hin, Kleines." Ich stoppte sie mit meiner Hand auf ihrer Schulter. Ihre Wangen waren bleich, ihr Kleid zerknittert und ihre Haare hingen zur Hälfte aus dem Knoten.

„Er ist tot, oder?", fragte sie und schluckte hart.

Luke lief an mir vorbei zum Fenster. „Er wird dich nicht mehr belästigen."

Sie sah zu mir hoch, ihre grünen Augen flehten mich an. „Ich muss es sehen. Ich muss wissen, dass er endgültig tot ist."

Ich entfernte meine Hand und sie stellte sich neben Luke. Eine halbe Minute verging, in der sie einfach nur auf Norman sah.

„Ich habe es getan, wie du gesagt hast, Luke. Ich habe das Seil gepackt und bin ihm ins Haus gefolgt. Ich…ich konnte nichts sehen."

Sie legte ihre Hand über den Mund.

„Zuerst war ich verwirrt, weil ich nicht erkennen konnte, wohin ich ging. Ich wusste nicht, wo ich war. Dann fiel mir das Seil ein und ich hab es gefunden."

Luke zog sie in eine Umarmung.

„Ich glaube, er wusste nichts von dem Seil und ist im Kreis gelaufen."

„Ich habe ihn immer wieder nach mir rufen gehört, dann nichts." Ich dachte daran, dass er Celia verfolgt hatte und ballte meine Hände zu Fäusten.

Ich starrte nach draußen auf den Körper, der halb von Schnee bedeckt war. „Es sieht aus, als hätte er sich ein Seil um die Taille geschlungen und wäre dann nach draußen gegangen. Keine Ahnung, warum er dem Seil nicht einfach zurück in die Scheune gefolgt ist."

Celia schüttelte ihren Kopf. „Er…er wollte mich hängen. So wie es seinem Bruder passiert ist. Das ist die Schlinge."

Heilige Scheiße. Ich legte das Gewehr auf den Tisch und lief aus der Hintertür. Ohne Mantel. Ich brauchte keinen. Mein Zorn wärmte mich. Ich stiefelte durch den Schnee, bis ich über dem Körper von Carl Norman stand. In seinen Händen lag das

Seil mit einer verdammten Schlinge am Ende, genau wie sie es erzählt hatte. Ich blickte zurück zum Haus, zu Celia, zu Luke, der direkt neben ihr stand.

Es war knapp gewesen. Zu knapp. Sie hätte so leicht einen grausamen, schrecklichen Tod sterben können. Das Leben war vergänglich. Ich hatte das gelernt, als Ruth gestorben war. Ich hatte ihren Tod, ihren Verlust, unsere Ehe überlebt. Aber es war nicht vergleichbar gewesen mit dem, was ich für Celia empfand. Was ich mit Luke teilte. Wenn Celia starb, bezweifelte ich, dass ich das überleben würde. Ich wäre nur noch eine leere Hülle, verloren.

Und daher wandte ich mich von Carl Norman ab, ließ ihn und seinen blinden Hass hinter mir und lief zurück zum Haus. Zu meiner Familie. Meinem Leben.

Luke

Ich sah den Blick in Walkers Augen, als er zurück zum Haus lief. Entschlossenheit. Liebe. Er hatte Celia bereits in Denver als seine Ehefrau akzeptiert, aber vielleicht hatte er noch nicht alles verarbeitet, bis jetzt. Bis der Tod sie uns fast genommen hätte.

Er schloss die Tür hinter sich und sah zu Celia. Er hob seine Hand und umfasste ihr Kinn. „Ich liebe dich."

Als Celia das hörte, trat sie in seine Arme und ich sah über ihren Kopf zu meinem Bruder. Ich sah die Wahrheit hinter seinen Worten in seinen Augen, hörte sie in diesen drei Worten. Er wollte diese Beziehung genauso sehr wie wir. Vollständig. Absolut.

„Ich liebe euch beide", murmelte Celia an seiner Brust.

Stolz und Liebe schwollen in meiner Brust an. Nichts war wichtig, außer unserer Familie. Uns dreien. Nicht Thomkins, nicht Norman. Nichts. Das war genau das, was ich mir von der

Eine verrufene Frau

Ehe erhofft, aber nicht erwartet hatte. Andererseits hatte ich auch nicht Celia erwartet.

Sie streckte ihre Hand nach mir aus und ich nahm ihre kleine Hand in meine. Drückte sie. „Das ist verrückt."

Ich lächelte sie an, schüttelte meinen Kopf. „Manchmal funktioniert es einfach. Diese Liebe, Schatz, ich habe es schon die ganze Zeit gesagt, ist perfekt."

Das war sie. Absolut perfekt.

„Ich brauche euch beide", erwiderte sie mit sanfter Stimme. „Bitte."

„Du hast uns", versicherte ich ihr.

„Nicht so. Ich *brauche* euch", wiederholte sie.

Walker schob sie zurück, sodass er sie ansehen konnte. „Du musst nicht betteln, Kleines. Wir wollen dich auch. Immer. Aber wir können dich jetzt nicht nehmen. Du hast etwas Schreckliches erlebt."

Sie schüttelte ihren Kopf. „Das haben wir alle. Jetzt will ich euch nur noch mehr."

„Wir werden dich nicht verlassen", beteuerte ich ihr.

Auch wenn sie eine erwachsene Frau war, würde es lange dauern, bevor einer von uns, sie jemals wieder allein ließ. Ich wusste, wie sie sich fühlte. Sie wollte die Bestätigung, wollte Vergnügen anstatt Schmerz oder Angst fühlen. „Du willst, dass wir dich ficken?"

„Ja", antwortete sie.

„Bist du dir sicher?"

„Ja", wiederholte sie. „Ich will euch...zusammen."

Ich wölbte bei ihrer Bitte eine Braue. „Zusammen?" Sie wollte uns beide, dass wir sie gleichzeitig fickten. Das bedeutete, dass ich ihre Pussy nehmen würde, Walker ihren Hintern. „Ist es so weit?"

Sie nickte. „Nach dem, was passiert ist...was fast passiert ist, will ich mich lebendig fühlen. Mit euch beiden verbunden. Ich bin bereit."

Das war sie. Wir hatten ihren Körper während der vergangenen Tage gut vorbereitet, bis er mühelos den größten Plug aufgenommen hatte. Aber wir hatten sie nicht auf diese

Weise nehmen wollen, bis sie es wirklich wollte. Jetzt wollte sie es. Mit Geist und Körper.

Ich nahm ihre Hand und führte sie durch den Flur und die Treppe hoch. Walker folgte uns. Wir waren bereit, sie ein für alle Mal zu der Unseren zu machen.

CELIA

ICH WOLLTE DAS. ICH BRAUCHTE DAS. ICH BRAUCHTE MEINE Männer auf jede erdenkliche Weise. Sie waren geduldig mit mir gewesen, hatten meinen Körper vorbereitet, sodass ich sie beide zur gleichen Zeit würde nehmen können. Es war der letzte Akt, der uns aneinanderbinden würde. Ich war diejenige, die uns verbinden, die uns vervollständigen würde.

Aber…etwas fehlte noch.

Als Walker die Schlafzimmertür hinter uns schloss, wusste ich, dass ich meine letzte Sorge mit ihnen teilen musste. Die eine Sache, die uns auseinanderreißen könnte. „Wir können zwar auf diese Art zusammenkommen, aber es gibt eine Sache, die der Welt unsere Liebe zeigen würde."

„Oh?", fragte Luke, während er sein Hemd aufknöpfte.

Ich nickte und sah zu Boden. „Ein Baby."

Der Gedanke an ein Kind, das dunkle Haare wie Walker hatte oder blonde Locken wie Luke, weckte in mir eine unendlich große Sehnsucht, aber ich hatte mir geschworen, die Wahrheit zu erzählen.

„Du willst ein Baby, Kleines?", fragte Walker und kam zu mir. Ich konnte seine Hitze spüren, seinen würzigen Duft einatmen.

„So sehr. Aber…aber ich kann nicht."

Er neigte mein Kinn nach oben, damit ich ihm in die Augen sehen musste. „Was meinst du damit, du kannst nicht?"

Ich leckte über meine plötzlich trockenen Lippen. „Mit John ist es nie passiert. Nach fünf Jahren."

„Er war Arzt. Hat er dir erzählt, es sei unmöglich?", fragte

Eine verrufene Frau

Luke.

Ich schüttelte meinen Kopf und Walker trat zurück. „Nein, aber er sagte, es sei meine Schuld. Ich konnte nicht...ich hab es versucht."

„Wir werden es weiter versuchen", meinte Luke. „Es ist ja nicht so, als hätten wir dich nicht genügend mit unserem Samen gefüllt. Du könntest bereits jetzt schwanger sein."

Ich legte meine Hand auf meinen flachen Bauch. Ich schüttelte meinen Kopf, weigerte mich zu hoffen. „Was, wenn ich nicht kann?"

Würden sie dann schlecht von mir denken? Tränen traten mir in die Augen und Luke wischte sie weg. „Dann kannst du nicht. Wir wollen dich. Wir haben dich geheiratet."

„Aber ihr wollt Kinder. Ihr habt das erzählt, als wir uns in Denver kennengelernt haben."

Luke nickte bedeutungsvoll. „Ich will dich mehr. Ich liebe dich, Schatz. Genauso wie du bist."

Walker trat hinter mich, sodass ich mich zwischen ihnen befand, genau da, wo ich, wie sie wussten, gerne war. Er beugte sich nach vorne und murmelte in mein Ohr. „Nach dem, was gerade passiert ist, haben wir alles, was wir wollen, genau hier."

Er küsste meinen Hals und ich legte meinen Kopf zur Seite, um ihm besseren Zugang zu gewähren. Meine Augen schlossen sich und ich spürte Hände an den Knöpfen meines Kleides. Ich wurde schnell bis auf die Haut ausgezogen und ihre Hände waren überall. Auf meinen Brüsten, auf meiner Wirbelsäule, meiner Pobacke, zwischen meinen Schenkeln. Sie berührten mich, als könnten sie nicht genug bekommen, als ob sie sich vergewissern müssten, dass auch kein einziger Zentimeter von mir beschädigt worden war.

Meine Haut wurde heiß, mein Blut träge, meine Gedanken verschwanden. Ich fühlte nur noch. Atmete. Gab mich meinen Männern hin.

Ein Paar Hände umfasste meine Brüste, zwirbelte und spielte mit meinen Brustwarzen, während eine andere Hand über meine Pussy glitt und dann in sie eindrang. Ich ritt die Hand, rieb meine Klitoris an ihr. Ich brauchte die Erlösung. Es dauerte nicht lang. Ich war bereit für sie gewesen, hatte mich danach gesehnt, mich lebendig zu fühlen. Ich schrie meinen Orgasmus hinaus, mein Körper wurde weich und unglaublich feucht für sie.

Luke sank auf seine Knie und ich sah auf ihn hinab, vergrub meine Finger in seinen blonden Haaren. „Noch einmal, Celia, dann werden wir dich vögeln."

Walker knabberte an meiner Halsbeuge. „Noch einmal und wir werden dich gemeinsam nehmen."

Luke behielt mich im Blick, während er über meine feuchten Falten leckte. Dann konnte ich nicht länger zuschauen. Meine Augen schlossen sich, während er mit seiner Zunge über meine Klitoris strich und an ihr saugte. Ein Finger glitt nur das winzigste bisschen in mich, streichelte über die Stelle, die mich dazu brachte, mit den Hüften zu zucken und seinen Namen zu schreien. Ich riss an seinen Haaren, um ihn näher zu mir zu ziehen, um sicherzustellen, dass er nicht aufhören würde, bis ich wieder kam.

Währenddessen spielte Walker mit meinen Brüsten und flüsterte mir schmutzige Dinge ins Ohr. Ich konnte das Vergnügen nicht zurückhalten, da die beiden gemeinsam so aggressiv in ihren Zuwendungen waren. Mein Körper hatte keine andere Wahl, als sich zu ergeben und so heftig zu kommen, dass er sich zwischen ihnen zusammenzog und anspannte.

Ich bemerkte nicht einmal, dass ich hochgehoben und zum Bett getragen wurde. Luke entledigte sich seiner restlichen Klamotten und legte sich hin. Walker half mir, sodass ich rittlings auf Luke saß und sich sein Schwanz direkt unter mir befand. Nach zwei Orgasmen war ich noch nicht fertig. Ich wollte mehr. Brauchte mehr. Und ich wollte, dass sie ebenfalls diese wundervollen Empfindungen verspürten, dass sie das Vergnügen erlebten, die Erlösung, die sie mir verschafft hatten. Sie brauchten es genauso, wie ich es gebraucht hatte. Es immer noch brauchte.

Ohne Verzögerung legte ich meine Hände auf Lukes muskulöse Brust und senkte mich auf ihn. Sein Schwanz war so

Eine verrufene Frau

groß und dick, dass er mich dehnte und bis zum Äußersten füllte. Er zischte, als ich ihn in mir aufnahm und meine inneren Wände zusammenzog, um ihn in mir zu halten.

„So gut", stöhnte er. Seine Hände legten sich auf meine Hüften und er begann, mich zu heben und zu senken und so zu bewegen, wie er es brauchte. Ich hörte Walker umherlaufen, dann kam er zu uns ins Bett. Er kniete hinter mir und ich spürte, wie er meine Wirbelsäule hinabküsste, während seine Hand meinen Hintern umfasste. Sein Finger fand meinen Hintereingang und spielte dort. Mittlerweile war ich an ihre Berührung, einen Finger oder einen Plug, der in mich drückte und mich füllte, gewöhnt. Ich wusste allerdings, dass es dieses Mal anders sein würde.

„Bereit, Kleines?", fragte Walker.

Ich nickte und blickte über meine Schulter. Ich sah seinen Schwanz, der glitschig von dem Gleitmittel, sowie hart und bereit für mich war. Meine Augen schlossen sich, als ich mich entspannte und versuchte, zu atmen, während er die breite Spitze gegen mein jungfräuliches Loch drückte. Luke verharrte bewegungslos in mir, zog mich für einen Kuss zu sich. Meine Brust ruhte an seiner und ich spürte, wie seine Körperwärme auf mich überging, während Walker langsam gegen meinen engen Hintereingang presste und mich allmählich öffnete.

„Atme, Celia. Das ist es. Gutes Mädchen", murmelte Luke.

Ich fing an, zu keuchen, als Walker den Druck steigerte und ich mich für seinen Schwanz zu öffnen begann. Langsam, ganz langsam drückte er gegen mich. Dann gab der Muskelring ganz plötzlich nach und die Spitze glitt nach innen. Walker stöhnte und ich drückte Lukes Schultern. Meine Augen weiteten sich bei dem Gefühl von Walker in mir. Ich war so offen, es brannte ein wenig und ich war sehr, sehr voll.

Luke lächelte mir zu, aber ich sah die Anspannung in seinem Gesicht. Ich wusste, dass es ihn alle Kraft kostete, sich nicht zu bewegen und wenn ich spürte, wie voll es mit den beiden in mir war, dann konnte er es mit Sicherheit ebenfalls spüren.

Da begann sich Walker sehr langsam rein und raus zu bewegen. „Das ist es. So gut, Kleines. Ich liebe den Anblick, wie dein Körper meinen Schwanz aufnimmt. Tiefer und tiefer. Ja, genau so. Ich bin ganz drin."

Er legte seine Hände neben mir auf das Bett und ich konnte seine Brust an meinem Rücken fühlen, seine Hüften, die gegen meinen Po drückten. Beide Männer waren in mir, füllten mich vollständig aus.

„So perfekt, Celia. Du bist diejenige, die uns zusammengebracht hat, die uns zu einer Familie macht", sagte Luke.

„Wir werden dir zeigen, wie perfekt es sein kann." Nach seinen Worten zog Walker sich fast vollständig aus mir, nur um dann wieder in mich einzudringen. Ich hatte keine Ahnung, dass es dort so viele...Empfindungen gab. Zu viele, da ich wieder bereit war zum Höhepunkt zu kommen.

Luke zog sich zurück und begann mich zu ficken, wobei er sich mit den rein und raus Bewegungen mit Walker abwechselte.

„Oh Gott", stöhnte ich. Ich wurde von meinen beiden Ehemännern gefickt. Gemeinsam. Es gab nichts zwischen uns. Ich verband sie, machte uns zu einem. Ich konnte meine Lust nicht zurückhalten, konnte nichts zurückhalten.

Ich schrie meinen Orgasmus hinaus, meine inneren Wände zogen sich zusammen und drückten ihre beiden Schwänze, da ich sie so tief wie möglich in mich ziehen wollte. Sie hatten sich bis jetzt zurückgehalten, mich vorsichtig gefickt, aber nun übernahmen ihre niederen Bedürfnisse die Kontrolle. Das Bedürfnis zu ficken und zwar hart zu ficken, überkam sie, da sie ebenfalls kommen wollten. Sie brauchten es, wurden von dem Verlangen angetrieben. Ich brauchte das, ihre wilde Hingabe, da sie mir ein unglaubliches Machtgefühl verschaffte.

Ich war diejenige, die diese Urinstinkte in ihnen weckte. Ich war diejenige, die sie wollten, mein Körper derjenige, den sie brauchten, den sie fickten. Und als sie nur Sekunden später zum Höhepunkt kamen, füllten sie mich mit ihrem Samen, markierten mich. Eroberten mich. Wenn aus unserer Vereinigung kein Baby entstehen würde, so lag es zumindest nicht daran, dass wir es nicht versucht hätten. Sie gaben mir Hoffnung, sie gaben mir Liebe. Sie gaben mir alles.

EPILOG

Acht Monate später

CELIA

„Ist das etwa meine Frau, die allein die Treppe hinabläuft?"
Walkers Stimme hallte durch das Haus und ich stoppte auf halbem Weg die Treppe hinunter. Ich konnte meine Zehen nicht mehr sehen und meine Männer hatten Angst, dass ich stolpern und mich verletzen würde. Und das Baby.

„Du weißt, was passiert, wenn du uns nicht gehorchst, Kleines." Walker kam die Treppe hoch und stellte sich vor mich. Eine Hand legte sich auf meinen sehr runden Bauch.

„Mir wird der Hintern versohlt?", fragte ich hoffnungsvoll.

Er grinste über meinen Eifer. „Hast du's nötig, Kleines?"

Ich nickte und biss auf meine Lippe. Ja, ich hatte es sehr nötig. „Ich wollte nur ein Glas Wasser."

„Du hättest nur nach mir rufen sollen. Du weißt, dass wir nicht wollen, dass du fällst."

Die beiden Männer hatten einen noch heftigeren Beschützerinstinkt entwickelt, seit sie erfahren hatten, dass ich schwanger war. Das hatte ich nur wenige Wochen nach dem schrecklichen Tag, an dem Carl versucht hatte, mich zu töten, herausgefunden. Anscheinend war mein erster Ehemann unfruchtbar gewesen. Ich war es jedenfalls kein bisschen und meine Ehemänner waren sehr zeugungskräftig. Sie waren ziemlich stolz auf diese Tatsache und aufgrund meines Bauchumfanges fragte ich mich, ob es nicht Zwillinge waren.

Mein konstantes Bedürfnis nach ihren Schwänzen stellten wir allerdings nicht in Frage. Ich war in meiner Schwangerschaft unersättlich geworden und zwei Ehemänner zu haben, war mit Sicherheit ein Vorteil, wenn es darum ging, dieses Bedürfnis zu stillen.

Walker ergriff meine Hand und führte mich die Treppe hoch. „Luke!", rief er.

„Ja?", antwortete er irgendwo im Erdgeschoss.

„Unsere Frau braucht uns wieder."

Walker führte mich zum Bett, hob mein Nachthemd hoch und über meinen Kopf, um meinen nackten Körper zu enthüllen. Die Fenster waren geöffnet, damit die Sommerluft hereinströmen konnte. Es war nicht so heiß wie in Texas, sondern perfekt. Dennoch zogen sich meine empfindlichen Nippel in der kühlen Luft zusammen.

Ich hatte mir Sorgen gemacht, dass sie meinen veränderten Körper nicht mögen würden, aber sie genossen meine zusätzlichen Kurven und wurden nicht müde, mir das zu erzählen. „Auf deine Hände und Knie, Kleines. Wenn du willst, dass dir der Hintern versohlt und du gut gevögelt wirst, dann geh in Position."

Begierig, dennoch in langsamen Tempo, krabbelte ich auf das Bett und umklammerte das Kopfbrett. Da ich nicht länger auf meinem Bauch liegen konnte – ich hatte meine Füße seit ein paar Monaten nicht mehr gesehen – hatten sich meine Männer kreative Arten einfallen lassen, wie sie mich nehmen konnten.

„Braucht uns deine Pussy?", fragte Luke aus dem Türrahmen.

„Ja, Luke", hauchte ich und musterte meinen gutaussehenden Ehemann.

Als Walker hinter mir auf dem Bett kniete und meinem

Eine verrufene Frau

Hintern einen heftigen Schlag verpasste, schrie ich auf: „Ja! Mehr."

Luke schloss die Tür hinter sich und lief auf die andere Seite des Bettes, wo er sich neben mich kniete und eine meiner vollen, empfindsamen Brüste umfasste. Wir hatten herausgefunden, dass es mir wirklich gefiel, etwas härter gefickt zu werden und mit wilder Hemmungslosigkeit. Ich wurde feucht, wenn mir der Hintern versohlt oder ich gefesselt wurde. Mir gefiel es einfach, wenn meine Männer die Kontrolle hatten.

„Wir haben dich, Schatz. Immer. Du wirst immer so zwischen uns sein. Du wirst uns ein wunderschönes Baby schenken und wir werden dir alles geben, was du brauchst."

Anschließend kümmerten sie sich um mich und ich gab mich ihren Berührungen hin, wurde zum Zentrum ihrer Welt. Die Männer würden es mich nie vergessen lassen.

HOLEN SIE SICH IHR WILLKOMMENSGESCHENK!

TRAGE DICH FÜR MEINEN NEWSLETTER EIN, UM LESEPROBEN, VORSCHAUEN UND EIN WILLKOMMENSGESCHENK ZU ERHALTEN! TRAGEN SIE SICH IN MEINE E-MAIL LISTE EIN, UM ALS ERSTES VON NEUERSCHEINUNGEN, KOSTENLOSEN BÜCHERN, SONDERPREISEN UND ANDEREN ZUGABEN ZU ERFAHREN. SIE ERHALTEN EIN KOSTENLOSES BUCH FÜR IHRE ANMELDUNG!

kostenlosecowboyromantik.com

ÜBER DIE AUTORIN

Vanessa Vale ist eine USA Today Bestseller Autorin von über 40 Büchern. Dazu zählen sexy Liebesromane, einschließlich ihrer bekannten historischen Liebesserie Bridgewater, und heißen zeitgenössischen Romanzen, bei denen dreiste Bad Boys, die sich nicht nur verlieben, sondern Hals über Kopf für jemanden fallen, die Hauptrollen spielen. Wenn sie nicht schreibt, genießt Vanessa den Wahnsinn zwei Jungs großzuziehen, findet heraus wie viele Mahlzeiten man mit einem Schnellkochtopf zubereiten kann und unterrichtet einen ziemlich guten Karatekurs. Auch wenn sie nicht so bewandert in Social Media ist wie ihre Kinder, so liebt sie es dennoch, mit ihren Lesern zu interagieren.

Instagram

www.vanessavaleauthor.com

HOLE DIR JETZT DEUTSCHE BÜCHER VON VANESSA VALE!

Du kannst sie bei folgenden Händlern kaufen:

Amazon.de
Apple
Weltbild
Thalia
Bücher
eBook.de
Hugendubel
Mayersche

www.ingramcontent.com/pod-product-compliance
Lightning Source LLC
La Vergne TN
LVHW011832060526
838200LV00053B/3986